丁香香满城

双鱼座，双重性格，外表柔弱，内心坚强。她不会随便爱上一个人，但真的喜欢上一个人就会很致命。很容易被感动，敏感，好像什么都不计较，其实是在包容。身上有一种难以抵御的奇异魔力。

小 柯 著

作家出版社

目　录
contents

引　子

那片别墅区的一个角落种着棵丁香树。

这棵丁香树显得突兀却美丽，在旁边清一色儿俗艳的月季的衬托下，它是尘世中一抹清丽的颜色，花瓣是淡淡的紫，玲珑剔透的像是水滴幻化出的形状，让人不忍触碰。如果等到早春，那么闭上眼睛也可以随着香气的指引而走到这棵丁香树下。回忆催人老，丁香香满城。

小莲生活过的四合院里也有一棵丁香树，那时年纪小，并没察觉到丁香花这种摄人心魄的香。在 22 岁那年，小莲同小姨搬到城市东边，那天她顺着城铁一直往东走，不知走了多久，两边原本的高楼渐渐变成树丛，路也变得崎岖，小莲顺着路灯拐进旁边一处小道，走了几分钟却豁然开朗，一片偌大的别墅区呈现在小莲眼前。

别墅区大门紧闭，里面黑漆漆一片，看样子住的人不多，站岗的保安也显出疲惫的样子，门口一尊丘比特的雕像吸引了小莲的注意。它并没有摆出丘比特射箭的姿势，而是一个胖胖的天使顽皮地坐在石凳上，一副顾影自怜的姿态，小莲因雕像下面的字判断出它是丘比特：Cupid shoots arrow，not rose.（丘比特射出的是箭，并不是玫瑰）。雕像的旁边是一块看似廉价的假山，它简陋粗糙，上面用俗气的红色字体镌刻着几个大字：红宝石山庄。

也许是因为红宝石这三个字，也许是丘比特下面那段对爱情的表态，或者是夜晚的春寒和路边成群结队却格外寂寞的路灯，小莲对红宝石山庄充满好感，她想溜进去看看。

正在小莲绞尽脑汁思索的时候，门口的保安警惕地看了小莲好一会儿。“喂，你干吗呢？”终于他忍不住了。

小莲望着他不知道该说什么，使劲攥着拳头，手心里全是汗。

“你不住这儿吧？来这里干什么？”他似乎越想越不对劲，估计把小莲当小偷了。保安慢慢朝小莲走过来，这座城市的天空星星很少，小莲又躲在树荫处，他想看清她的脸。

保安慢慢走到小莲面前，小莲却突然朝后面跑过去，她听见他在后面喊着“别跑”。她自顾自地猛然扎进夜色当中，风在小莲耳边呼啸而过，还有她几乎要跳出来的心脏，好像发现了什么惊天秘密一样，紧张与喜悦充斥着她的全身，她不顾一切地奔跑，腿仿佛不是自己的，遮挡的树荫越来越少，月光逐渐明媚，她跑出那条小道，弯下身子喘气。

那晚的星星格外好看，那天是 3 月 10 日，小莲的生日。

第一章

天　真

so now we're here and now is fines
so far away from there and there is time
plant new seeds and watch them grow
so there'll be flowers in the window when we go
我们到了这里，一切是那么美好
离这里遥远的地方，那里只有时间
种植新鲜的种子看着它们成长
当我们离开时，窗户上也会长满鲜花

22岁前，小莲与小姨挤在一间狭窄的一居室里，小姨是一个小公司的会计，收入微薄。尽管如此，小姨还是竭尽全力带小莲逃出了那个充满争吵的家，含辛茹苦地抚养她，所以在她的父母离异后，两人面对小莲，为难的互相推脱责任的时候，小莲心里是有一丝庆幸的。那时她想，不管未来怎样，只要可以不再面对这个男人和女人，不再面对他们的婚姻，就是幸福了。

后来小姨攒了些钱，就马上跑到城市的东边租了一套大一点的房子，有两个卧室，在这个物价飞涨的城市，房子大了，位置自然就不好了。那时小莲知道，这里就是这个五光十色的城市的郊区，住在这里的人，不是节俭的外地务工人员，就是买得起别墅的大老板。

那个3月，小莲离大学毕业还差几个月，学校没什么事，小莲也专心准备着毕业论文和答辩。小莲在一所语言学校学法语，毕业后大多做翻译，如果继续读研的话就是留校，小姨想让小莲读研，她认为做教师稳定，可是小莲想马上工作，因为这样就可以为小姨分担一些了。

都说法语是世界上最美丽的语言，可小莲没觉得，实际上她对这门轻盈优雅的语言没多少兴趣，她认为这只是一份工作，或者是她谋生的手段，她从没想过把自己的爱好变成工作，更没想过出人头地。小莲喜欢文字，有时她只是躲在房间里偷偷地写，小姨看见过那些散落一地的稿纸，只是叹了声气。小姨文化水平不高，所以她看不明白那些字组合在一起是怎样散发着斑斓的魔力，她只是觉得文字和幻想这种东西太不实际，她一直为小莲会一门外语而感到骄傲。

小莲是双鱼座，所以喜欢幻想也是情理之中的事，但女孩子长大了就好了吧。

从那天起，小莲总是想起红宝石山庄，好像那是一块巨大的磁铁，她曾在红宝石山庄门口徘徊，看着偶尔从红宝石山庄开出来的车辆。那些车弧线优美，一看便知价格不菲，小莲从车窗外窥视那些男男女女们，他们全都衣着考究，小莲甚至能闻到他们身上那股好闻的香水味。那时小莲并不知道红宝石山庄是这个城市有名的高档别墅区，也不知道这些人为什么这么有钱，却住的离市区这么远。

终于小莲找到了那个缺口，在红宝石山庄外围的某个角落，离红宝石的正门足有 20 分钟的路程。一排被破坏掉的铁栏杆张着大嘴，错乱的植物交织地缠绕在一起，旁边的路不是光滑平稳的鹅卵石地面，而是烟尘四起的黄土地。可小莲认得那里面一座座精致小巧的别墅的样子，那是一个黄昏，小莲记不清这是自己第几次在红宝石山庄四周溜达了，可是这次就这么轻易地让她找到了。

不费力气的，小莲把自己小巧的身躯轻易地塞进那个缺口，这是小莲第一次进到红宝石山庄里面，她感到空气似乎都清新了许多。她四下张望，并没有拿着对讲机在山庄里四处巡逻的保安，也没有像普通小区一样吃完饭坐在家门口聊天的大爷大妈们，有的只是无尽的寂静，一丝难以形容的神圣与庄严，还有一阵阵奇异的香味儿。

那个香味儿吸引着小莲，小莲搞不清楚这到底是什么味道，不俗媚不强烈，却也不淡薄不清爽，它有时似有若无，有时却明摆出要撩拨人的架势。小莲跟着这股香味儿走，走差了好几条道，当她笃定地朝着一条路走下去时，香味儿却消失了。小莲慌忙停下，像小狗一样撅起鼻子四处闻，香味儿又识相地出现，就在小莲的正后方。直到那香味儿越来越清晰，小莲也慢慢停下脚步，驻足于一棵丁香树下，小莲恍然大悟。

这是一团淡紫色的雾气，是小莲还没长成便夭折的童年记忆。小莲记得在那个四合院里，母亲偏爱的那棵丁香树，院子里还种着洋槐和石榴树，这似乎是四合院的标志。只有那棵丁香树是那么特殊，好像永远也长不高一样，却拥有让人着迷的香气，母亲精心地给丁香树浇水、施肥，小莲甚至会嫉妒它，嫉妒它夺走了母亲的一部分爱。每到初春，母亲就蹑手蹑脚地走到院子里，把鼻子贴到丁香树上贪婪地吸着，小莲不会忘记母亲那种满足的眼神。直到后来，小姨带着小莲逃出这个四合院，小莲也没有再正眼看过这棵丁香树，但小莲时常会梦到它，梦到它的枝干上长出毛茸茸的棉絮，丁香花变成紫色的旋风，梦里还有母亲。

时隔这么多年，小莲再看到丁香树却觉得安心。她坐在丁香树旁的石阶上，这香味儿萦绕着她，不自觉她已变成当年的母亲那样，贪婪地吸着。丁香是一剂岁月的镇定剂，年少的小莲不懂，可现在小莲知道，就是这里了。

很快，丁香树就成了小莲常来的地方，每次小莲都随便找个理由溜出家，带上书和一沓纸。小姨也不多问，小莲就像只轻盈的燕子一样，在街道上飘来飘去，灵巧地闪进那个缺口。她在丁香树下看书写字，随笔、短篇、长篇、诗集。写那篇她永远也写不完的文章，她只是喜欢写而已，想到什么就写什么。

那是小莲最舒心的日子，无忧，无负担，有文字，有花香。

第二章

向　往

Sans toi, ma mie　没有了你，我的爱

Le temps est si lourd　时光变得如此沉重

Les heures et les jours　每一分每一天

Sombrent sans espoir　都了无希望

丁香树生长在别墅区的一个拐角，道路两旁全是粉色的月季花，红宝石山庄的入住率不高，因为到了夜晚，很多别墅都是黑漆漆的，只有路灯孤独的亮着。小莲发现，丁香树的斜前方有一栋别墅总闪着温暖的光，与那些没有入住的别墅不同，这个别墅的花园里有着长势极好的向日葵。小莲不知道这栋别墅里住着谁，她从没看到有人走出来，但她似乎看到过一个男人在二楼拥有大落地窗的书房里来回踱步，有偶然传来的音乐声，还有钢琴声，却从没有人说话的声音，更没有婴孩啼哭的声音，小莲想这里应该住着一个独身男人吧。

这栋别墅里住着苏铭，苏铭第一次看见小莲的时候，小莲正蹑

手蹑脚走到丁香树下，掸掸石阶上的尘土坐了下来。小莲一动不动坐在那里看书写字，苏铭就在落地窗的窗帘后面看着小莲，他看到这个女孩梳着干净的马尾辫，皮肤白皙，身材舒展，但他看不清女孩的五官。在苏铭的想象中这个女孩应该有着清秀的脸庞，他不知道小莲从哪里来，为什么总坐在这里，但他从未走下去过，他不想扰乱这片平静。

这变成了苏铭的一个习惯，在苏铭没有工作，或者早下班的时候，苏铭总是向窗户外面张望一眼小莲有没有来，最终他摸清了小莲的习惯。小莲总是一个星期来两三天，下午来，有时路灯亮起就离开，有时待的晚一些，如果太晚，小莲就停下写字，戴着耳机听音乐。于是那个时候苏铭也开始听音乐，他想象着小莲耳机里的声音，揣测着适合她的歌曲，小莲听音乐时是闭着眼睛的，偶尔她抬起头望向苏铭的方向，苏铭竟有些心跳。

最终苏铭还是走下去了，那时春末夏至，正是丁香开花的尾端。

小莲看到这个男人走过来时，竟没有一丝意外，她想，这就是那个书房里温暖灯光下的男人吧。

小莲摘下耳机，望着这个男人。他身材高大，面容俊朗，穿着白衬衫牛仔裤，脚步不缓，甚至有些急躁，虽然男人竭尽放轻脚步怕惊扰到小莲，但那一步步的响动还是声声入耳。他有种儒雅沉稳的气质，却在举手投足中透露着激情和不安稳，这是青春的末端给他烙下的印记，成熟和稚嫩在他身上完美地纵横着，不让人乏味，也不让人心跳，却有着特殊的魅力，就像丁香花一样，淡雅却饱含热情。

“你好，我叫苏铭。”

小莲冲苏铭笑了笑，往石阶的另一端挪了挪示意苏铭坐下。

苏铭并不坐，小莲的样子比苏铭想象的还要好，细长的眼睛，恰到好处的嘴唇，淡然恬静，她仿佛不会笑，却灵活生动，眼睛里是深情和忧郁，苏铭心动了。他为自己的心动感到懊悔，但他必须问出那个问题，这些天一直盘旋在他心中的一句话，苏铭说：

“你在听什么音乐？”

那年的夏天来得格外早，小莲来丁香树的次数越来越少，并且大部分时间都是晚上。苏铭还在想小莲到底是怎么了，他兀自走出房子，才感到那股让人难以忍受的热潮。

小莲的 MP3 里只有一首歌，那天小莲把耳机递给苏铭，苏铭听到的是如海一般忧伤却又有阳光的轻快的音乐。小莲说：“Sans Toi，Ma Mie.”

“什么？”苏铭摘下耳机。

“歌名是 *Sans Toi，Ma Mie*。法语，中文名字是：《没有了你，我的爱》。”

Sans toi，ma mie　没有了你，我的爱
Le temps est si lourd　时光变得如此沉重
Les heures et les jours　每一分每一天
Sombrent sans espoir　都了无希望

苏铭闭上眼睛想象着，一片海滩，像咖啡一样浓重的昏黄色，风是热的，海浪也让人觉得不那么清爽，一个女孩穿着长裙，头上别一朵艳色大花，她似乎跑起来了，在苏铭的意识里，这一切是这么清晰，好像一个尘封已久的记忆被打开，温暖，熟悉，也有过去

太久的悲凉。苏铭想不明白为什么小莲这么多天要听同一首歌，可苏铭不敢问。

小莲拿过耳机，开始收拾东西。“我要走了。”这时苏铭才发现，时间已经不早了。

“你叫什么名字？”苏铭看着小莲的背影愣了好久，终于喊出这句话。

“我叫小莲。”

第三章

忧　郁

I don't know why you feel so bad
where is the life you once had
and still this horrid feeling grows
and grows the way you want it to
我不知你为何如此忧伤
你曾经过的怎样的生活
那些糟糕的情绪在疯长
如你所愿般地疯长

小莲毕业了，答辩和论文都很顺利，为了让小姨放心，小莲承诺在找些法语翻译兼职的同时，乖乖复习考研。

小莲买了张有那首法语歌的打口碟想送给苏铭，这时小莲已经有半个月没去红宝石山庄了。除了名字和住的地方，小莲对苏铭一无所知。他们第一次见面之后，苏铭偶尔会拿着一本书下来，坐在小莲旁边陪她看，有时苏铭家没人，小莲盯着苏铭的窗口发呆，她会想象着苏铭是做什么样的工作的，为什么上班的时间不固定。小莲再去红宝石山庄的时候心里有些紧张，她想着要问问苏铭的情况，起码要知道他有多大。

在丁香树下，小莲站了好久，才看到苏铭从远处缓缓走来。这燥热的天气，苏铭却穿了西装，衬的他成熟了许多，不同于以往那个休闲慵懒的苏铭，小莲在想这会不会是真的苏铭。

苏铭看见小莲笑了，小莲刚想从包里掏出 CD，却被苏铭抓住胳膊："走，去我家吧，外面太热了。"

苏铭家里的装修新颖别致，客厅是下沉式的，整体都是干净的黑白色，墙上摆着几幅画，都是跳跃的颜色拼接。小莲感到苏铭是个很注重细节的人，这从屋内的小摆设就能看出：小孩儿形状的台灯，沙发前一块素雅的方毯，甚至装水果的篮子也充满设计感。厨房是开放式的，甚至一个小的调料盒都充满名头，只是小莲不知道它们是什么牌子。苏铭给小莲拿了换的拖鞋，带小莲上楼："去楼上看看吧。"

苏铭带小莲到二楼的书房，这就是那个小莲从外面就可以看到的房间，小莲仔细看，书架上几乎全是与美术设计有关的书。

"你是学画画的？"小莲看看四周，并没有看到画架样子的东西。

"不是，我是做广告的。"苏铭说。

小莲终于知道了一些苏铭的事情。苏铭今年 30 岁，自己有一个不大不小的广告公司。小莲一直以为广告公司是指那些在地下室发小广告的人，从没想过一个人会把这个当作毕生的梦想。小莲不懂设计，更不懂创意，但当苏铭翻开一本本画册，对着小莲讲那些设计理念的时候，小莲被苏铭眼中的光感染了，仿佛心中最深处的东西被挑动，小莲开始想自己的梦想是什么。

在二楼走廊的尽头有一个小房间，在苏铭帮小莲倒果汁的时候小莲溜了进去。这是一方纯真的天地，糖果色的壁纸，满地都是孩童的玩具，可爱的小木马、小巧的婴儿床，一看就是被人精心布置过，这个房间充斥着幸福和甜蜜，小莲竟有一丝目眩，苏铭进来的时候小莲正在发呆，苏铭似乎是有一丝不知所措的。

“这是我小女儿的房间。”苏铭说。

“多大了？”

“不到一岁。”

“孩子的妈妈呢？”

“带着孩子在国外。”

小莲早应该想到，苏铭是有家室的，这样成功这样儒雅的男人怎么会没结婚？小莲不知道自己在期待什么，也许在期待一份至死不渝的爱，但在这个总共见面不到五次，有老婆有孩子的男人身上，小莲什么也得不到。想到这里小莲竟有些坦然了，好像心里一块石头终于落了地。

小莲从没交过男朋友，不喝酒不抽烟不逃课，也从不违背小姨的意思，她从头至尾都是规规矩矩地做每件事情，但是因为自己不幸的童年，小莲要比同龄女孩成熟。小莲不是没有梦想没有幻想，相反有了那些天马行空的幻想小莲才是完整的。但她过早看到了这个世界的冷暖，自认只有顺着轨迹走下去才是安全的人生，当然小莲这样想有多半是因为小姨。

小莲刚开始遇到苏铭时，也许是周围怡人的树木，也许是丁香花的气味，小莲心动了，好像那份已经沉睡已久的少女情怀被翻了出来。当得知苏铭有家室的时候，小莲只是知道这个男人不能深交，但那时小莲没有爱上苏铭，她也从没想过自己会爱上苏铭。

小莲决定当这件事没发生过，本来就是一件再普通不过的事，没有必要那么在意。

小莲还是会去红宝石山庄，偶尔碰到苏铭，当苏铭问小莲家住哪里的时候，小莲对着远处胡乱一指，苏铭笑了：哪里？就是那里。小莲继续胡乱一指，随后低下头继续看书。

“你什么书都看吗？”苏铭笑着俯下身。

那次小莲正在看一本星座书，这是同学的，小莲对星座没兴趣，但她不排斥任何印有文字的纸张。

“你是什么星座？”苏铭拿过小莲的书，胡乱翻看着。

“双鱼。”

“好，让我看看。”苏铭对着目录挨个查询。“有了，这里，双鱼座是冬天和黄道带的最后一个星座。冬天在它即将离去的时候，把相对意识留给了双鱼座的人。这一星座的人有自己独特的缄默方式。你对世界上发生的一切，乃至虚无缥缈的事物都有浓厚的兴趣。这种琢磨不透的思想使你变成一轮神秘的光晕，吸引着许许多多的人。人们觉得你安静、温柔、真挚和会体贴人，但又觉得你的思想是那么深远莫测。”

说完苏铭看看小莲，又像是自言自语似的说：“挺像的。”

“你又是什么星座？”小莲好奇地问。

“我又不是小女孩，对这些没研究。”苏铭打趣道，“对了，我一直想问，你在写什么东西？”

小莲并不排斥给苏铭看自己写的东西，实际上这些东西自从成形以来就没被任何人看过，只有小姨会每次都瘪着嘴看上几行就丢到一边，小莲已经习惯自己写东西给自己看，仿佛这是自己与自己交流的一种方式。小莲递给苏铭那一沓纸，苏铭认真地看了起来。全是诗，或散文，或毫无顺序的胡乱记忆，小莲写的东西没有一篇是完整的，却有一种魔力，仿佛那些文字是活的，苏铭说不上那是一种什么感觉，只知道自己愿意做小莲的读者，想知道那些文字后面隐藏了什么。那些文字神秘、简单、收缩自如，虽远没有文学大师的巧夺天工，却极富吸引力。

小房间困住了我
周围的墙被涂成黑色
小房间困住了我
像你的影子般追赶我

我盯着窗户
它充满银色的烟
我试着找到那把钥匙
却发现一切都不是真实的

小房间困住了我
然后我消失了

苏铭反复看着小莲写的这首诗，他才第一次发现，他不知道小莲在想什么，也不知道小莲的身世，这个看似无忧无虑，水一般纯净的小女孩似乎经受着莫大的痛苦，可这痛苦却也没有形状，甚至一闪而过，或者她天生具有悲天悯人的情怀。苏铭觉得小莲是一块未经雕琢的宝石，也是从那时起，苏铭就无比坚定地认为小莲一定能发光。

“虽然很唐突。”苏铭放下稿纸，思考良久，“但一定要问你一句，如果你拒绝也请不要在意。”

小莲歪头看着苏铭，不知苏铭到底想说什么。

“你，愿不愿意来我的公司工作？”

第四章

希 望

I know what you did Like a boy of summer gives his first kiss

love, is dancing on my finger

he got to the heart of the matter and lingered

then I'll be your lady as the ocean rises, the sun is fading

我知道你做了什么，就像夏日里的男孩献出他的初吻

爱情在我指尖跳舞

而他，在我心间缠绕

我会做你的女孩儿

就像海平面升起，太阳陨落

小莲吓了一跳，她马上想到自己站在天桥分发小广告的场景，连忙摇头，苏铭跟小莲解释不是这样的，广告是文学、美术、音乐等多方面艺术的结合，总之是一种商业手段，帮助客户卖出东西。小莲听的似懂非懂，“可是，我大学学的是法语，难道你们需要翻译？”小莲问。

原来小莲是学法语的，怪不得会听法语歌，苏铭暗自想着。

“不用翻译啊。”苏铭摇摇头。

“那，那我能做什么？”小莲不解。

“你能写文字，这就够了。”苏铭笃定地回答。

小莲想去苏铭的广告公司，靠自己的文字挣钱，这个梦想实现起来是那么轻而易举。令小莲惊讶的是，小姨对此并没有提出异议，在小莲说出广告公司这个字眼时，小姨一头雾水，小莲马上解释说就是帮人卖东西。“销售？”小姨皱着眉头问。“更高级一些的销售。”似乎高级这两个字感化了小姨，小姨长舒一口气。“可你的法语怎么办？”小姨仍不放心，她不愿小莲放弃法语。“老板说我还可以兼职一些翻译的工作。”小莲补充道，“面对一些法国客户的时候。”

实际上苏铭的公司根本不可能有国际客户，小莲撒谎了。小莲几乎不会对小姨撒谎，可这次她为什么要这么做，因为她真的想去苏铭的公司，为了自己的文字梦想，也许潜意识里也有对苏铭的信赖。

做了决定，小莲想着再去一下红宝石山庄，可苏铭却突然找上了她。那天小莲去楼下的小卖部买东西，看到一个高大的身影，正在小莲觉得自己出现幻觉的时候，苏铭已经笑着朝她走过来了。

“你怎么在这里？”小莲惊讶道。

“碰巧路过。”

“真的吗？”小莲怀疑地看着苏铭，苏铭是那种不会说谎的人。

“假的。”苏铭笑了，似乎并没有隐瞒小莲的意思。

“你跟踪我？！”小莲惊呼。

“是呀。”苏铭往前走几步，坐在小区的长椅上，他从兜里拿出纸巾，擦净旁边的座椅，让小莲坐下来。

“为什么要跟踪我？”

“我只是想看看你是不是真实的。”苏铭毫不掩饰自己的热情，这让小莲有点不好意思。“你每次离开，我都在想是不是自己做了一场梦，但我却没办法证明这一点，我除了你的名字其他一无所知……”苏铭说到这里时小莲想到苏铭确实问过自己住在哪里，但被自己搪塞过去了。

“所以你上次离开的时候，我就跟着你来到这里了，还好，看来这不是一场梦，哈哈。”看着小莲并没有反应，苏铭只能自言自语。这是苏铭与小莲的一种相处模式，有那么几分钟，仿佛任何新奇的事情都无法引起小莲的注意，她像是突然就进入了自己的思维世界，这从她那双突然丧失光芒的大眼睛里就能看出。但是苏铭并不觉得尴尬，他只能不停地说，说一些自己都不觉得可笑的笑话，这时他像一个做错了事的孩子，想尽一切办法吸引小莲的注意。

“当然那次没有被你发现。”苏铭继续说，“等你进了楼道，我就站在下面等着，想象着你上楼，猜着哪盏灯会亮起来，结果我错了，没有一盏灯亮。后来我才恍然大悟，为什么觉得你不会进那些已经亮灯的房间呢，为什么觉得你是一个人住的呢？呵呵。在楼下傻站了一会儿我就回去了，之后很久都没有你的消息，我以为是我的提议把你吓到了。考虑了很久还是决定过来看看，运气好的话没准能碰到你，结果真让我——小莲，你在听吗？”

小莲似乎吓了一跳，从刚才的神游中缓过来看着苏铭，她满脸无辜地看着他说：“我在听。”

“你不是一个人住对吗？和男朋友住？”苏铭好奇，但也许他是有些期待。

“没有。”小莲否认，“我没有男朋友。”

然后便是沉默，小莲不愿说下去了，苏铭还有太多的疑问，但他认为也许今天就到这里比较好，于是他问：

“你考虑了吗？要不要来我的公司工作。”

“我去。”小莲斩钉截铁地回答，嘴角浮现一丝笑意。

小莲去了苏铭的公司。那是坐落于这个城市最现代化的商业区的某个大厦的 18 层，明亮的落地窗，宽敞的办公环境，让人心旷神怡的植物。小莲对前台说找苏铭的时候，那个染着黄头发的美女盯着小莲看了好一会儿，然后对着电话按了一串数字，毕恭毕敬地说：“苏总，有人找您。”随后她便站起身，上下打量了一下小莲，做了个跟我走的手势。

小莲路过整个办公区，那些忙碌的男男女女，他们穿着休闲却有档次的衣服，在电脑前抿着咖啡，或是拿着文件焦急地走来走去。小莲注意到一个会议室里坐着几个人，他们正在激烈地讨论着问题，其中一个戴眼镜的男人把衬衫袖子撸至肘部，一手叉腰，一手胡乱指着黑板，所有人都像吃了兴奋剂一样，他们没有人注意到小莲。似乎有人抬头看了一下，但马上便面无表情地低下头，不被人关注却让小莲觉得舒服，小莲被黄发前台美女领至走廊的尽头，叩响那里一个办公间的门。

小莲走进去，看到苏铭正坐在一张宽大的办公桌前，他穿了西装系了领带，连表情都职业了许多。桌面是黑色大理石，桌上摆放着一些稀奇古怪的小玩意儿，苏铭后面有一排书架，还是那些小莲看不懂的书，门口有一个玻璃柜子，里面放着各式各样的洋酒，还有杯子。小莲有一瞬间的恍惚：这真是那个和自己在丁香树下看书，为了知道自己的住处而跟踪自己的男人吗？

苏铭站起来，为小莲拉开办公桌对面的椅子，让小莲坐下，随后便走到玻璃柜子前面拿出一瓶酒。那是个四四方方的酒瓶，里面是橙黄色晶莹的液体，苏铭拿出杯子在小莲面前晃了晃，说：喝吗？小莲茫然地摇摇头：你们上班的时候都喝酒吗？苏铭笑了，抬手看看表说：已经下午四点了。苏铭往一个矮胖的玻璃杯里倒了只有一个杯底的酒量，摇了下杯子，然后啜了一小口。这些情景小莲只在电视里见过，这一整套动作仿佛是成功男人的专利。小莲曾想这种酒一定很易醉，所以人们才会一次只喝这么点。小莲不会喝酒，她甚至滴酒未沾过。这时她忍不住地想，这个看着像冰红茶一样的东西到底有什么好。

苏铭坐下，微笑地看着小莲："怎么样？"

小莲被这突如其来的"怎么样"搞的莫名其妙，想半天只说出两个字：很美。

苏铭扑哧一下笑了，小莲连忙解释："我是说你的公司环境很好。"

"那就好。"苏铭不再说话，就那样看着小莲，眼前这个稚气未脱的女孩穿着格子衬衫，牛仔裤，头发梳得一丝不苟，她体态纤弱，双眼有时无神，有时却闪着奇异的光芒，她似乎有很多想法，却又不轻易显现。这是一个不应该出现在这里的女孩，不应该出现在这个鲜活且肮脏的社会，可是她应该出现在哪里？苏铭想到那棵丁香树，忽然觉得小莲是为丁香树而生的，她站在那团紫色的雾气下，那淡薄的香氛的衬托中，是那么相得益彰。苏铭这样胡思乱想的时候，小莲奇怪地看着苏铭，她搞不懂苏铭为什么现在会沉思，但她并不认为这种沉思和自己有关。这时苏铭也察觉到自己的失礼，连忙站起来，带着小莲走出办公室。

苏铭朝一个戴眼镜的男人挥了挥手，小莲认出这就是刚才在会议室慷慨激昂演讲的那个人。那人剃着平头，面容俊朗，穿一件剪裁奇特的T恤，破洞牛仔裤，眼睛极小，隐藏在黑框眼镜后面，留一撮小胡子，精瘦的身材。小莲见过这种人，他们穿行于这个城市最时尚的地方，烟瘾通常很大，拼命与都市吻合的潮流装扮也隐藏不了他们深沉的艺术气质。他走过来，小莲盯着他脖子上那条银链子看出了神，苏铭介绍："这是Andy，我的创意总监。"

苏铭拍了下小莲的肩膀继续说："小莲，新来的文案。"Andy摆摆手，说了句：交给我吧。便带小莲进到刚才他们开会的会议室里。

"小莲。"Andy示意小莲坐下，"刚毕业吧？学什么专业的？"

"法语。"小莲有些心虚。

"好。"Andy搓搓手，好像并不在意，"我跟你大概讲一下你的工作，公司主要做视频广告和平面广告，其他类型广告也有，但涉及不多。你的工作主要是视频广告创意以及脚本、平面广告语，帮助完善提案PPT等，工作量不算很大。但由于上一个文案刚离职，现在公司只有你一个文案，恐怕这阵子你要辛苦一点，不过我会帮助你的。嗯，有什么问题吗？"

小莲满肚子的问题，Andy说的话她都能听懂，但却不知道这些后面的含义是什么，这时小莲觉得紧张，仿佛掉进了一个完全不了解的世界。但她不敢问，她不知道苏铭跟公司里的人怎么说的，一个学法语并且一点工作经验都没有的人绝不会被招来广告公司吧。

Andy似乎看出了小莲的为难，说："你大概也不了解广告公司吧，我给你简单介绍一下。"

"你看那边。"Andy指了下会议室的后方，小莲透着玻璃墙看过去，"那是客服部，你把广告公司想象成一个大工厂，他们就是和外界联络的人员，总有人得把工厂里的东西卖出去不是？"

小莲留心看那个部门的人，发现每个人都是忙碌的样子，不是打电话就是对着屏幕打字，脸上都是像上战场一样紧张的表情。

“再看这边。”Andy 指着会议室的左侧，“这是创意部，也就是你今后在的部门，也就是工厂里的工人，我认为以你的性格，跟他们接触起来不算难事。”说罢 Andy 检查似的看着小莲。

“谢谢你告诉我这么多。”小莲小声说。

“不用谢。”Andy 说，“没有问题的话明天就来上班吧，早九晚六，来了找行政的娜姐，让她给你安排电脑。”说完 Andy 便起身，“我还有工作，不能跟你多聊了，加油！”Andy 做了个胜利的手势。

这么快就找到工作，小莲有些难以置信。但小莲害怕，这个新奇的世界，还有那些有能力的、比赛似的工作的精英们。在他人眼里小莲是脱俗的，就像这个浮躁的社会吹来的一股清风，可她毕竟年纪轻，浑然不知社会险恶，更不了解那些诱惑，她拥有的只是一些年少时的特殊经历带来的装样子似的成熟。可是从那天起，小莲心里有了触动，就从看到苏铭手里那杯酒开始。

第二天，小莲按点上班，就在她在公司门口徘徊着的时候，一个 30 岁左右的满脸世故的微胖女人叫住了她：“新来的文案？”

“是。”小莲马上应和。

“跟我来。”女人招招手，“叫我娜姐吧。”

娜姐带小莲到一个空着的座位前，帮小莲打开电脑，给小莲交代了一系列的事务：“以后你就坐这里了，你的公司邮箱和密码我帮你写在了桌面的文档上，你公司联络工具的号码是 725，分机号也是这个，如果电脑出问题找我们的网管。”娜姐往前面一指，一个圆脸的男人正对着小莲笑，“还有这个。”娜姐递给小莲一张卡片，

“上班下班也刷卡，请假的话找Andy。还有，不要迟到，迟到要扣钱的。”

小莲掏出已经准备好的小本子，一一记下。娜姐说：“没什么了，中午去跟他们吃迎新午饭吧，工作上的事找Andy，生活上的事找我。好好工作。”

一上午小莲都在无聊地浏览网页，她看看Andy，Andy似乎根本没有工夫理她的样子。她安下心来，又望向苏铭的办公室，透着玻璃墙很轻易地就看向里面，苏铭不在，小莲有些失落，想发短信问苏铭在哪里，可突然发现自己连苏铭的电话都没有。

那时小莲并没有这样的等级意识，她从不把苏铭当老板，尽管这个男人在其他员工眼里是那么高高在上，年轻有为又风流倜傥，不善言谈，有种天然就拒人于千里之外的气质。小莲把苏铭当兄长，当可以无条件信任的人，仅次于小姨。所以她在这里并不拘谨，况且公司里摆满盆栽，像是热带雨林植物的公园，小莲也喜欢这种用玻璃做墙的设计，宽敞透亮，好像这里的每个人都没有秘密。

中午吃迎新饭的时候，小莲认识了两个同事，创意部的设计师米菲和王东。

米菲是个咋咋呼呼的丫头，留着干练的短发，小脸，五官也紧凑地挤在一起，她不说话时让人感觉是个严厉刻板的女孩，一说话却流露出天真的气质。她喜欢大惊小怪，什么都好奇，没有城府，大大咧咧。她坐在小莲的斜前方，小莲一坐下，她便瞪着眼睛好奇地看小莲，中午吃饭时也十分兴奋地拉着小莲问这问那，小莲被她弄得不好意思。

王东是那类毕业没多久正准备施展抱负的小伙子，他高高瘦瘦，一副精力旺盛的样子。王东坐小莲旁边，他在工作时不断地抽烟，小莲朝他电脑上那些奇形怪状的图形看，有几次她被烟呛到了，下意识抬起手呼扇了几下，随后又为自己的没有礼貌感到愧疚。吃饭时小莲问王东有关自己工作的事，王东说："嗨，他没找你你就忙自己的，有活儿了再干。"小莲知道"他"指的是Andy，于是又问起Andy的事。没想到王东神秘地看看周围，把一只手掌放在嘴边，小声说："离他远点，据说这人行为怪异，没准是gay呢。"大家都笑起来，只剩下小莲不知所措地红了脸，她不知道自己该不该加入大家的说笑。她慢热，却并不是没有想法，每次见到的人，她都习惯性地把他们分几个类：知心好友、普通朋友、点头之交。这是小莲自我保护的一种方式，毫无疑问，这两个同事小莲是认为能把他们当好朋友的。

下午小莲仍是没事做，她漫不经心地看着自己带来的小说，不时抬起眼睛看下苏铭的办公室，苏铭的办公室正好在小莲的斜前方，这让小莲毫不费力的、只需稍微抬下头就能看见里面的风景。苏铭还是没来，办公室里空空如也，小莲眯起眼睛，似乎看见一只还有残酒的矮胖酒杯端坐在办公桌的桌角，小莲那时才意识到，和这些打工仔不同，苏铭是老板，是不易见到的人物。

晚上临近下班的时候，小莲接到一条短信，是个陌生号码：美女，晚上有时间吗？可否一起吃个饭？

小莲第一反应是发错了，于是没回，没想到过10分钟短信铃声又响起：美女？

这下小莲生气了，她不喜欢这种故弄玄虚的把戏，于是愤愤回道：谁啊？！

那边说：我在出门左拐500米的街角等你，银色奔驰，苏铭。

看到苏铭二字时，小莲心跳得厉害，她紧握手机靠近胸口，觉得脸有些发烫，她似乎觉得这是个自己期待已久的事，一旦到手却有些不真实。小莲犹豫，她想去见苏铭，跟他聊聊今天在公司的感受，但是小莲又害怕，不知自己在怕什么，也许是苏铭家二楼的小孩的房间，想到这里小莲马上摇摇头，马上说服自己其实什么都没想要，只是想交个朋友，况且苏铭的短信似乎也没给小莲留拒绝的空间。

下班，躲开同事的目光，小莲像做贼一样悄悄溜出公司，呼吸到新鲜的空气她感到好多了，周围是一成不变紧张麻木的面孔，这里是本市最繁华的商业区，有无数企业在这里安根扎脚。那些不知道追寻着怎样梦想的上班一族，每天都重复着连自己都作呕的事情，可支撑他们继续下去的，是一点莫名的希望。小莲喜欢观察路人，她发现这些希望在每个人脸上的体现都不同，有的是眼中一闪而过的光芒，有的是一挑眉一翘嘴角，有的是梗一梗脖颈。和这些希望比起来，小莲是这么渺小，不管她怎样挺起胸脯，昂首阔步地走在大街上，如潮水涌动的人群也能立即将她吞没。她低下头看着脚下认真地走路，到街角停下四处张望，那辆银色奔驰就停在前方，打着双闪。等打开车门，那股好闻的香水味儿才扑面而来，再看看车里坐着的男人，气宇轩昂，衣冠楚楚，不愿显山露水却无法遮掩自己身上的光芒，这些和小莲在红宝石山庄门口看到的景象如出一辙。

“吃什么？”苏铭问。

“随便。”小莲想了下说，“吃你喜欢的。”

苏铭笑了笑，一脚油门踩下车子飞奔起来。

第五章

浪　漫

You're the one that I belong to

I'll be the embrace that keeps you warm

For you're the sun that breaks the storm

I'll be alright and I'll sleep sound

你是我的唯一，我只属于你

我会给你拥抱，在你感到寒冷时

你是我的阳光，穿透一切暴风雨

正因为如此，今夜好眠

苏铭带小莲来了一家西餐厅，这家西餐厅叫Bonne nuit，法文名，坐落在大使馆区，周围郁郁葱葱全是树木，只有别致的路灯应景地亮着。餐厅里是谈笑风生的各种肤色的人们，木质的桌椅，可以坐在外面享受晚风，颇有欧洲街头酒吧的浪漫氛围。挑家如此雅致的法式餐厅，苏铭用心良苦，小莲有些感动，随苏铭进到餐厅里，坐定，小莲看着菜单笑起来。

“笑什么？”苏铭问。

“这家餐厅的名字。”小莲手指着菜单上的Bonne nuit，“Bonne nuit在法文里是晚安的意思，也就是说完就要睡觉了，应该叫Bonsoir，这才是晚上好的意思，这不是让大家一看见这名字就犯困吗？”

“那也没准。”苏铭说，“老板是想给人舒服的感觉，就像Bonne nuit这个词一样，无论是听起来还是看起来，都让人觉得像在家里一样的随意、放松。”

“也是哦……”小莲脸红了。苏铭发现，今天的小莲格外美，在屋里昏黄浪漫的灯光的衬托下，她的脸上飞起两片红晕，眼光流转，转到哪里哪里就蓬荜生辉，装了水一样楚楚动人。她笑起来有两个可爱的酒窝，俏皮妩媚，他从没见过今晚这样的小莲，今晚的小莲是鲜活的、立体的，实在到让人一伸手就能抓住，一握就能溢出水来。苏铭在想还有多少种小莲是自己没见过的，他又一次心动了，这种真切的心动的感觉让苏铭觉得懊悔。

“今天工作怎么样？”为了掩饰自己的不自然，苏铭连忙找了个话题。

“什么都没做哦。”小莲有点失落。

“没关系，慢慢来。”苏铭说，“Andy人很好，又有能力，不懂的问他就行了。”

小莲想到王东他们说Andy是gay的事，忍了半天才没笑出声来。

服务员拿上菜单，苏铭递给小莲，小莲摇摇头，意思是你帮我点吧，苏铭随手在菜单上比画了两下，让服务员把菜单拿走。

等菜的工夫，小莲问起苏铭公司的事，没想到苏铭毫不避讳地侃侃而谈起来：

“我大学学的是油画，因为对各种软件感兴趣就自学了设计，后来画儿没画好，软件倒是精通了。我的第一个女朋友让我自己开家广告公司，她有点这方面的渠道，于是我毕业就开了这家公司。最开始都是她帮我介绍活儿，后来公司慢慢起来了，奋斗了10年。做成今天这个样子，这期间也被人骗过，也濒临倒闭过，公司的员工换了好几拨，现在终于算稳定下来了。”

苏铭说这话时一直微笑着，似乎不是在说自己的事，没有一丝波澜，好像对于世间的一切变故已经习以为常了。小莲不禁想：什么样的事情才会让这种儒雅平和到骨子里的男人落泪，爱情会吗？小莲问：“你第一个女朋友就是你现在的老婆吗？”

“不是。”苏铭依然温和，“当时那个女朋友比我大，在一家广告公司做的有些小成就，我俩谈了三年，她帮我把这个广告公司打理得差不多了，就跟我分手了，因为她等不了了她要结婚。”

“那你为什么不娶她啊？”

“呵呵。”苏铭笑，“你还小，不懂。”

小莲真的不懂，既然彼此相爱，对方帮助了自己这么多，为什么不能执子之手呢？小莲不明白，还有什么丝毫见不到端倪的没有形状的东西是能阻拦在爱情中间的，她还想继续问下去，问问苏铭有关他老婆的故事，这时菜上来了，小莲只好把话咽回去。

苏铭起身为小莲倒水，帮小莲切牛排，小莲不喝酒，他也不喝，吃完正餐为小莲点甜品，一切都做的顺理成章，天衣无缝。完美得像在演一出舞台剧，苏铭偶尔起身时，一股好闻的香水味飘来，再看苏铭的脸，温柔、热情，却不失风度。

儒雅的男人。

小莲突然一阵的晕眩，好像有什么东西从心底涌上来，或者是什么闯进自己的心里，小莲分不清，她使劲在心里骂自己：你在想什么！给我清醒过来！

吃饭时苏铭很健谈，让慢热的小莲也不觉得尴尬，他聊自己的故乡，曾经的大学，父母，工作，好笑的客户和案例，只是不谈自己的婚姻，小莲好奇想问，但又觉得不合适，只能把一连串的疑问藏在心里。吃完饭，小莲想知道多少钱，但苏铭有礼貌地去到吧台结账，回来后苏铭小心翼翼地问小莲："想去别的地方喝点东西吗？"

小莲想去，和苏铭聊天很开心，她还想听他说更多的事情，可是看看表快 9 点了，怕小姨着急，也怕自己那股不时冒出来的莫名的悸动，便推说天不早了改天再喝，苏铭好像料到这个结果一样，并没强求。

回到家里小姨问怎么回来的这么晚，小莲打着哈哈说晚上同事请吃迎新饭，小莲又一次撒谎了。小姨又问公司里的事，小莲坐下，耐心地告诉小姨今天做了什么，认识了什么样的人，自己的工作范围是什么，小莲告诉小姨第一天就在公司里交到了朋友，小姨很开心，她反复叮嘱小莲要好好干活，遵守职业道德。

之后小莲开始接手一些简单的项目，无非是一些网站上的文字，产品的介绍等，Andy 带着小莲做，小莲的领悟能力很快，一星期下来也有了一些体会。Andy 送给小莲一本关于广告文案的书，小莲一有空就看，书不厚，小莲又喜欢看书，几天就看完了。小莲对广告有了一些了解，并为自己之前觉得广告公司是发小广告的感到羞愧。

公司里的人小莲还没认全，只有创意部的米菲他们跟小莲关系好，他们中午有时会一起吃饭。王东会跟小莲讲些公司的趣事，一次王东凑到小莲身边，神秘地说：你看那个人，小莲顺着王东的眼神朝右上方看去，一个瘦瘦黑黑的年轻小伙子，头发梳得油光锃亮，小眼睛贼溜溜地转来转去。虽然已经在公司里待了一周了，小莲却对这个同事一点印象都没有，也许是他太不起眼了，可眼睛里偶然散发的锐利却出卖了他，或许他是不喜欢引起注意。

“他是 Daniel。”王东说，“离他远点，他是怪人。”

“为什么这么说？”小莲惊讶。

“你别管了，反正别接近他就行了。”王东敷衍几句，就回到自己的电脑前，小莲知道王东并不是不想说，而是他对一个话题很难保持长久的耐心。小莲不再问，又看了一会 Daniel，觉得他的外貌再普通不过了，不显山不露水，实在和王东所说的“怪人”对不上，小莲不再想，埋下头继续做自己的事。

第六章

孤 僻

last night I dreamed one thousand lies

I could see the dawn through a different set of eyes

There in my slumber passing time

Long live the world resting on its side

昨晚我梦见一千种谎言

我看到另一种黄昏逝去

在我的意识中时间昏睡着流走

仿佛整个世界也同样进入休眠

苏铭以为不会在红宝石庄园看到小莲了，可是那个周末的午后，苏铭兀自站在书房落地窗旁发呆的时候，他看到小莲甩着马尾辫轻巧地跳到丁香树旁。这时已是盛夏，丁香花早已开败，夏日的光阴轰然到来。小莲喜欢夏日，此时的她拿出一个本子，正润色昨日刚写的一篇散文，她甚至没有看到苏铭正悄悄走近自己。

那篇文字怀旧而温暖，小莲喜欢夏天突然而至的暴雨，她把雷声比作夏天倒塌的声音。

好吧。我开始写了……

在这个莫名的下午　和我一直不停换日记本的怪癖

最终还是决定以爱喜为名结束这些

爱喜是我的好朋友　她以烟为名字　让我想起了那些放在优雅细长盒子里孤单的ESSE

在过了那么多年以后，爱喜一直是我心中的tori amos

只是我还没对她说起，她就离开了

我们离开了各自的生活

有些人说流星有着自己的轨道

只是在瞬间交错而已

我想这是一种宿命却很能自我安慰的说法

爱喜的歌

我一直小心翼翼地保存着

在她离开的那个早晨

我的世界没有任何变化

直到过了很久

才开始零零碎碎地想起

那个干净的喜欢碎花的

常抱着吉他在青苔下唱歌的女孩

她让我想起夏天

好吧，再让我说说有关万劫不复的夏天

人的脑袋可以储存很多东西　有的东西进来　没多久就离开了

有的东西却待了很长时间　比如一段没有未来的感情

在你如释重负地放下那些困扰着你很长时间的东西时　有些曾经来过却没有被你注意的东西会硬生生闯进来

比如夏天倒塌的声音

那些布满碎花的地方　CD封面　墙上的涂鸦　店铺里的布面裙子　还有雨伞的一角

夏天倒塌的声音是夏日雨后的空气

那种短暂的些许凉爽　全被涂上昏黄的颜色

视线的一角是嫩绿的叶子和天边的红晕

然后你的心轰的一下塌落成碎片

夏天可以做许多事情

晚上拿着木凳到胡同口吃西瓜　骑着自行车在草地里穿行

为了买喜欢的棉布裙子走很远的路　看着风扇转动时倒影在墙上的斑驳的影子

爱喜和我认识时是夏天吗　我怎么一点都不记得了

现在那个喜欢唱歌的女孩在哪里

爱喜　夏天已经要来了

毋庸置疑，也许根本没有爱喜这个人，也许小莲写的爱喜就是自己，苏铭反复看着这篇文字，他似乎已经领略了夏日的意味，在小莲的世界里，这个季节代表了她所有的幻想。

小莲随苏铭进屋，苏铭给她鲜榨了新鲜的橙汁，他想跟她聊些什么，可他发现安静的小莲更迷人。很长一段时间的沉默，小莲缩成一团抱着膝盖，低头啜着果汁，眼睛盯着地上那块形状色彩奇异的地毯。苏铭似乎明白了小莲为什么这么喜欢丁香树，他想抬手摸下小莲的额头，或者对她说几句话，可他不忍搅乱现在的气氛，这样的寂静、祥和，空气也因无端滋生的淡淡伤感变得温润粘连。他希望时间就这样静止下去，希望自己对小莲的感情就停留在现在这一刻，在很多年后，苏铭也经常这样盼望着。因为那时自己的情感处在一个临界点，往前走危险，往后退便索然无味，它没有欲望，没有痛苦，像水一样绵长，他不知该怎么做才能把此时的感受持续下去，于是他只能轻轻说："小莲，饿了吗？"

晚饭是在苏铭家里吃的，苏铭简单做了意粉，拌了沙拉，小莲吃得津津有味。苏铭喝的是在公司里喝的那种烈酒，给小莲的依然是果汁。小莲吃饱，趴在桌子上看酒杯里的冰球，眼睛忽闪忽闪的，长长的睫毛投影在脸颊上，突然她抬起头，对苏铭说："也给我倒一杯这个吧。"

苏铭笑了，可回过神来再看小莲的脸，严肃的表情并不像是开玩笑的，苏铭好奇："你会喝酒吗？"

"不会啊，所以才要试试。"小莲不知道酒精的威力，现在她就像刚出生的孩童一样对这些感到好奇，她迫不及待地想要体会苏铭的感受。

"别试了，"苏铭被小莲看的不好意思，"酒可不是什么好东西。"

"有什么关系，我已经成年了。"小莲笑嘻嘻地伸手去抢苏铭的杯子，被苏铭拦住，小莲不解地问："所有人都在喝，为什么不让我喝？"

苏铭被小莲问的无奈，仔细看小莲的眼神，简单而干净，没有一丝的戏谑或胆怯，甚至有些坚定，抱着不达目的誓不罢休的决绝。苏铭第一次体会到小莲的坚强和执着，他默默走到厨房，倒了一杯红酒放到小莲面前。“为什么不给我喝你那种酒？”小莲不依不饶。

“我那种酒太烈了，你先喝这个，慢慢来吧。”苏铭说。

小莲拿起酒杯看了一会儿，液体晶莹剔透，像红宝石一样明亮，小莲拿着杯子晃了晃，那条深红的丝带就绕着杯子跳起舞来。她埋下头闻了闻，一股刺鼻的气味儿令她不禁皱紧了眉头，她抿了一小口，苦涩中带着甜，像吃了一大口辣椒酱一样胃被刺激的很难受，但马上又有一丝的温暖，再回味，整个身体都热了起来，好像有一只手强行把小莲身体里的疲劳和软弱都揪了出来，她觉得放松。头也晕晕的，脸上泛起了红晕，像熟透的樱桃一样好看。小莲从最开始一点点地尝到后来大口大口地喝，很快只有一个杯底的红酒被小莲喝完了，小莲微醺，素净的脸上添了一些妩媚，苏铭借收拾桌子的时候把酒杯也拿进厨房，他觉得再让小莲喝小莲就彻底醉了。

苏铭从厨房出来的时候小莲已经靠在沙发上了，眼睛直勾勾地盯着前方墙上的一幅画。苏铭坐在小莲旁边，犹豫了一下，伸出手揽住小莲的肩膀，小莲顺势倒在苏铭怀里。苏铭觉得此时的小莲柔弱无骨，全身一点力气都没有，他想，也许小莲真的喝多了。

就这样相拥了很长一段时间，谁都没有说话，安静的能听见时钟秒针走动的嘀嗒声。苏铭用余光看着小莲的脸，小莲闭着眼睛，看样子是睡着了，鼻翼一耸一耸的，嘴唇微张，看起来柔软而晶莹。苏铭有吻下去的冲动，但马上克制住自己，他觉得再这样抱下去不是个办法，于是他试探地问：“小莲，睡着了吗？”

小莲摇摇头，换了个姿势，把头埋进苏铭的胸膛，苏铭下意识地躲闪了一下，他怕小莲听到自己过快的心跳声。

“说点什么吧。”苏铭觉得有什么东西在空气里滋生，他怕事情就这样发展下去，他必须得说点什么，“讲讲你的事情好吗？”

“我的事情？”小莲坐直身子，奇怪地盯着苏铭看了一会儿，又皱紧眉头思索，“我的事情有什么好讲的呢？”

“你跟谁住在一起呢？是家人吗？”苏铭引导着小莲，希望她能多说些自己的事。

“是呀，是跟小姨。”小莲回答。

“哦？那么你是本地人吗？”

“是的。”

“那父母呢？”苏铭问完这句话马上就后悔了，因为他明显地感到了小莲的为难和沉默，他想换个轻松的话题。但当他看到小莲失落的样子，小莲低下头，若有所思地摆弄着自己的衣角，她把眼睛微微抬起，轻皱了下眉头，随后便如释重负一般长出了一口气。苏铭不知道小莲在想什么，但他有一种冲动，想了解小莲内心深处隐藏起来的悲伤到底是什么，他慢慢对小莲说：“跟我讲讲好吗？”

小莲惊讶地睁大了眼睛，关于自己小时候的事情她从没对任何人说过，其实她自己并不认为这是什么悲惨的经历，但她怕看到自己全盘倒出时别人眼里的怜悯。她似乎已经想象到那种温柔无害的眼神，这是一把久未磨炼的剑，要比辱骂和不屑还令人难受。但小莲觉得苏铭不同，苏铭没有小莲厌恶的装模作样的同情和怜惜，苏铭很认真，仿佛他就是想知道小莲的家庭状况而已，这是一段故事，苏铭只是一个听众。

小莲在那个小四合院里出生长大，她的童年是鲜艳的地雷花，夏日胡同口大爷大妈们的聊天声，让人迷醉的白玉兰花香，当然还有父母的争吵。小莲像所有家庭不和睦的小孩子们一样，性格孤僻，天真爱幻想，不仅因为小莲是双鱼座，更是因为现实中实在没什么值得高兴的事。小莲就像与命运抗争一样，从小全身就充斥着浪漫的因子。

她的母亲是个艳丽俗媚的女人，化浓妆喷刺鼻的香水，在母亲扭着纤细的腰肢款款走进院子的时候，小莲在屋里就能闻到那股让人心神不宁的香味儿，听到高跟鞋"噔噔"敲击在地上清脆的回响。母亲的香水味盖过了小莲最喜欢的白玉兰花香，小莲有些怕母亲，在她眼里母亲是阴晴不定的，有时宠自己宠得要命，但大多数时候都冷漠的好像小莲并不是她的亲生女儿，只是一个过客，一个寄居在自己家里的女孩。母亲喜欢的是自己满柜子廉价又俗艳的衣服，床头柜上摆了一排的低档香水，还有各种各样的男人。母亲只有这样一个小得不能再小的四合院，这是她已逝的老父亲留给她的。她白天在一个小单位做打字员，晚上便打扮得花枝招展地出去玩，夜里，小莲经常被母亲的摔门声和放肆的大笑声惊醒。

如果从脸来看，小莲的母亲是个标致的美人儿，细长的丹凤眼，鹅蛋脸，坚挺的鼻子和小巧的唇，但那眉眼中透露着一股风情和俗气。小莲继承了母亲的优点，五官与母亲神似，气质却截然不同。小莲没有一点风尘和妩媚，有的只是似乎不存在于这个世上的脱俗和清新。

小莲的父亲是个懦弱的男人，什么都不会做，以前是一个工厂的保安，后来工厂倒闭父亲就一直失业在家，终日喝酒。父亲曾不止一次让母亲把四合院卖了，虽小但也能卖一大笔钱，起码可以救济一下贫苦的家境，母亲死也不肯。母亲在这方面非常执着，她认为这是祖上的东西，失去了就像丢了根，母亲看上的东西就死抓着不放，包括四合院和院子里的丁香树。很显然小莲不是母亲看上的东西，对她来讲小莲是个累赘，她觉得自己一辈子吃了亏，跟了个无能男人，直到最后她嫁给一个有钱人，跟着有钱人搬进高档住宅，连四合院和丁香树也不要了。

那时小莲唯一的快乐就是小姨了，小姨比母亲小 5 岁，一直没有结婚，母亲让小姨过来住，反正房子空着，多个人也能多个伴。小姨把小莲当自己的亲生女儿，把小莲缺失的母爱通通给了她。小姨是个隐忍而坚强的女人，在四合院住了这么多年，自己的姐姐和姐夫什么样她最清楚不过了，可她不说，她自认也没资格管别人家里的事，即便是自己的亲姐姐。只是小莲她放不下。她看着孩子从小长到大，小莲的孤独、懂事、忍让她全都看在眼里，疼在心里，她有时恨自己没有能力，学历也不高，没办法独自给小莲幸福的生活。在那晚之前，小姨都没有动过带小莲走的念头，直到那件事发生，小姨才暗自发誓，不管多么辛苦，一定要带小莲离开这个家。

小莲的父母住正房，小莲和小姨住西屋，父亲喝多了酒凌晨才回家是常事，所以母亲总是有机会带各种男人回家。那时小莲还小，她不知道为什么叔叔们来了又走走了又来，还总是在晚上，她还天真地想也许是母亲太好客了所以才总冷落自己。直到那天晚上，小莲和小姨照例 9 点多就躺下睡觉，晚上却被一声巨响和女人轻蔑的笑惊醒，她在黑暗中摸索着枕边的闹钟，抬起身借着微弱的月光看到时针指到 11 点。她担心母亲出事了，转身看看睡在房间另一侧的小姨，听到声音小姨只是翻了个身，并没有起来的意思，小莲傻坐在床上，一种不祥的预感传遍全身，她轻轻披上衣服，蹑手蹑脚地下了床，推开门出去。

她听到一种奇怪的声响，可这种声音是如此的微弱，好像只要她喘气声大一点，声音就会被压盖过去。她一步步地往前挪着，好像前面一个巨大的怪兽，小莲在恐惧的同时，有着极强的好奇。她慢慢走到母亲的房间门口，把眼睛贴在门边，她试图从那个细小的缝隙中看清一切。

那是两具花白的肉体，充满情欲，无声地颤抖着，他们交缠在一起，像两条缠来绕去的水蛇，他们贪婪地互相吮吸着，仿佛即使世界毁灭也与他们无关。其中一个身体盖在另一个身体上面，有节奏地运动着，小莲也找到了声音的来源，那叫声此起彼伏，百转千回，但绝不美妙。相反小莲觉得毛骨悚然，那叫声湿湿黏黏的，像沾了水一样，藕断丝连地黏合在一起，那叫声充满兴奋。虽然小莲看不清，但小莲知道发出这样声音的脸庞是什么样一种表情，小莲觉得自己心跳都停止了，她从未见过这样的景象，她甚至忘记了，那被压在下面的那具肉体是母亲的，而另一个身体她完全不认识，是个陌生的男人。

小莲睁大了眼睛，她不知该怎么办，腿像灌了铅一样无法移动，她觉得周围有无数看不见的网阻碍了她的行动，她觉得绝望无助，她希望有人能来救救她。突然她觉得有一双大手捂住自己的眼睛，后面是让人温暖的喘息声，一种坚定的力量从后面那个弱小的身躯里传来。这时小莲才想起那种久违的恐惧，就像晴天里一道炸雷一样，那恐惧击得她无处可躲，她转过身，发疯一样抱住小姨，颤抖不止，小姨只是拍拍她的头，喃喃地说：“走吧，我们回屋。”

小莲恍惚了好几天，她觉得那晚看到的情景就像做梦一样，她没有难过，更没有绝望，只是觉得不真实，甚至不知道那晚发生了什么。那时她对男女之事一无所知，只是缠绕她很久的那个声音，还有那两具白花花的身体传递的信息太强烈，强烈到她只要一想这件事，小小的脑壳就要爆炸了一样。可是小姨不同，小姨什么都懂，这个看似柔弱的女人那时就立下誓，一定要带小莲离开这里。

后来父母终于决定离婚，因为母亲找了个土老板，有很多的钱和被烟熏的发黄的牙齿。那天母亲起了个大早，哼着歌在梳妆镜前描眉画眼，翻乱了衣柜穿了件自认为最上档次的衣服，头发被一丝不苟地梳起盘成一个髻，喷了足足有半瓶的香水，好像这辈子再也用不到它们了一样。小莲想也许母亲是有些舍不得这些香水吧，她还觉得母亲从未有这样美过。

母亲像逃一样离开这个小四合院，走前只意味深长地看了小莲一眼，小莲却自作多情地从那眼神里读到很多东西，有心疼，不舍，还有悔恨，也许这些东西都是真的。小莲想到之前有次母亲和父亲吵完架，母亲蓬头垢面坐在院子里，脸上有泪痕，小莲走过去，母亲伸出手抚摸着小莲的脸，眼里已没了以往的锐利，嘴唇颤抖着，像自言自语一样地对小莲说："莲，不要，不要跟妈妈一样。"那次小莲真实地感受到了母亲的脆弱，也捕捉到了母亲对自己的爱。

可是只有那么一次，一次含混不清的表白，怎么能拯救这个弱小孤独的小女孩儿。

小莲讲到这里终于忍不住哭了出来，苏铭在旁边不知所措，他不知该怎么安慰小莲，只能在旁边静静地坐着，等小莲哭够了发泄完了，苏铭看着小莲红肿的眼睛，一字一句地说："别想了，都过去了。"

都说了出来，小莲也轻松了些，看着苏铭笑了笑，不好意思地说："之前没有跟别人讲过这些事，看来想彻底忘了还真的挺难的，不过已经过去这么久了，我也应该不在意了，开始新生活了对不对。”

苏铭看见小莲的眼睛亮闪闪的，刚才的忧郁和绝望一扫而光，小莲的坚强和乐观让他惊讶。他甚至忘了坐在对面的是一个比自己小 10 岁的，刚从大学毕业的小姑娘。他有种强烈的冲动，狂风暴雨一样猛烈，他不再说话，凑近小莲的脸，朝那两片嘴唇吻了下去，他觉得时间定住了，空气不再流动，甚至自己的心跳都停了下来，只是四片嘴唇轻轻触碰了一下，他却觉得比一辈子都长，好像在这短短的几秒钟里他已经历了生生世世的轮回。他不知道小莲怎么想的，因为小莲只是闭着眼睛，不迎合也不抗拒。苏铭不知道小莲是享受还是厌恶，两人的嘴唇分开后，小莲睁开眼睛，轻轻笑了笑，说：“时间不早了，我该走了。”

苏铭本来想说反正有空房，小莲可以留宿一晚，但看到小莲坚决的表情，他开始思索自己是不是做错了。苏铭打车送小莲回家，看见小莲钻进楼洞，苏铭也开始正视自己的感情。对小莲不仅是欣赏和疼惜，而是真真正正的喜欢，就像上中学时对自己暗恋的女生那样的喜欢，是清风拂面一样的喜欢，干净，纯粹。那时苏铭没有觉得这样有什么不妥，他觉得不让别人知道就不是伤害，他可以把这种喜欢埋在心里一辈子。

第七章

创 造

Gloria, Viva La Gloria

You blast your name In graffiti on the walls

Falling through broken glass that's Slashing through your spirit

I can hear it like a jilted crowd

荣誉万岁

是你让墙壁上绽放着荣誉之光

坠落的玻璃碎片划过你的灵魂

我听到了声响，就像熙攘的人群

小莲再去公司的时候有些尴尬，被苏铭那样一吻，她表面平静，其实内心翻腾着，一种从未体会过的少女情怀被撩拨起来。再见到苏铭，她觉得不好意思，同时也觉得温暖，那是小莲的初吻，她并不反感苏铭那样夺走自己的初吻。

苏铭表面上还跟以前一样，只是在看小莲的时候，眼睛里糅进了点柔情。那时小莲也开始忙了起来，在 Andy 一个多月的指导下，小莲慢慢了解了自己的工作，也摸到了规律，Andy 也逐渐放手了。小莲被一个接一个的案子占据了大部分时间，加班也成了常事，偶尔她写累了，抬眼看着苏铭的办公室，多半时间是空着的，她感到心脏奇怪地抽动一下，然后便是落寞。

那天小莲照例上班，正打开电脑准备一天的工作，就被 Andy 一声招呼到了会议室。小莲赶忙跟进去，看见会议室里坐满了人，米菲王东都在，连苏铭也在，小莲觉得奇怪，以前这种会议苏铭是根本不会参加的。

等大家坐好，苏铭对 Andy 点了下头，Andy 走到会议室的最前面，边熟练地对大家解说着新简报的内容，边手指投影墙上的画面。这是一个咖啡馆的系列稿，这个咖啡馆遍布在大街小巷，最繁华的购物中心，最隐蔽的胡同深处都有它的身影。小莲虽然对咖啡一无所知，但自然也听说过这个咖啡馆的名字，她看到苏铭一直低着头，摆弄着手中的文件，从这个咖啡馆的闻名程度，今天开会的阵势，以及苏铭紧皱的眉头，小莲感到这应该是公司比较重视的一个项目。

Andy 讲完回到座位，会议室里响起一片低语的声音，小莲看向米菲，米菲冲小莲使了个眼色示意她别出声，果然苏铭摆了摆手，说：都别讨论了。会议室刹那间一片寂静。苏铭继续说：

“大家都看到了，这个项目客户给了我们很多资料，他们很重视，我们也要对这个项目稍微上点心。和我们对接的经理是个很有想法的人，自然也很难缠。我希望这次我们能出一些比较有意思的东西，最关键的是，如果这个系列海报我们拿下的话，对方还会考虑与我们进行更深的合作。”

这是小莲第一次和苏铭开会，苏铭好像换了一个人，那个温和浪漫的男人不见了，取而代之的是这个严厉的极有气场的大老板，不合时宜的，小莲又想到那个吻，一阵头晕目眩。

“苏总。”一个细声细气的男声响起，小莲顺着声音的方向看去，看见 Daniel 正跃跃欲试地看着苏铭，仍是那张丝毫没有笑意的麻木的脸，却多了些谄媚，“这个咖啡馆既然这么有名，在海报上就不用过多介绍信息了，应该以颜色夺人眼球，用强烈的对比色拼接出咖啡杯的形状……”

“好了好了。”苏铭打断 Daniel 的话，看起来有些不耐烦，“看完资料再说吧。”

Daniel 低下头不再说话，米菲朝小莲笑了笑，一副他活该的样子。

“那么这个项目的创意……”苏铭思考了下，突然把目光转向小莲，“小莲，你好好想想吧，在广告公司待的时间不短了，该学的也都学了，好好看看资料，过几天我想听听你的想法。”

老板亲自委派任务，其他人都不敢出声，只剩下小莲一人惊得目瞪口呆。她猛然抬起头，迎上苏铭的目光，那眼睛里有种霸道，嘴角甚至有丝不易察觉的微笑，小莲刚想说话，苏铭却站起来，说了声散会便离开了会议室。

小莲心事重重地回到自己的座位上，米菲王东等人纷纷幸灾乐祸地跟小莲开着玩笑，小莲一句都听不进去，心猿意马地想着那晚的那个吻，还有苏铭刚才的眼神，是因为那个吻吗？是因为自己的尴尬而表现出来的冷淡惹火了苏铭？她决定跟苏铭解释清楚。小莲打开公司内部联络软件，找到苏铭的名字，想都没想就敲上几个字：关于那个吻，我想我有必要跟你解释一下。

没想到就在小莲按回车的那一刹那，苏铭那边儿也来了信息：

你别多想，我只是想锻炼一下你而已，我知道你可以的。

小莲脸涨得通红，恨不得找个地缝钻进去，并且埋怨自己的冲动，她只得赔着笑脸回道：是……苏总……

哦？你想说什么？我要听听。苏铭回。

小莲：没什么没什么……

苏铭：呵呵，我们打个赌怎么样？

小莲：什么？

苏铭：如果你这次想的创意不合格的话，你就要好好给我解释一下那个吻。

小莲：那如果合格呢？

苏铭：那我请你吃饭。

小莲：成交！

小莲虽然看着冷漠羞涩，对世事不关心的样子，其实她心里有股不愿服输的劲儿，尤其在苏铭这么一激将的情况下，她更想把这件事情做好。从那天起小莲完全进入了工作里，白天黑夜地看资料，看各种广告创意，甚至亲自去那个咖啡馆里一探究竟。她有无数种想法，但又被自己一一推翻，这个太老套，那个太轻浮，这个被人用过……小姨看见小莲这么努力，又心疼又骄傲。可是直到开会的前一天，小莲依然没有什么令自己骄傲的想法，小姨不忍心，走过来轻抚小莲的头，问道：这是做什么工作呢？

小莲头也不抬：一个咖啡馆的广告创意。

小姨似懂非懂地点点头，就势坐在小莲的身边，思索着说：咖啡……可是你从不喝咖啡啊？

小莲猛地抬起头，仿佛得到救赎一样地望着小姨，她知道问题所在了，她从不喝咖啡，又怎么会了解咖啡和售卖咖啡的地方呢？

就算是不喜欢，她也要好好品尝一下咖啡的味道，就算再苦，她也要搞清楚为什么那么多人乐此不疲。以前她觉得咖啡是种时髦，而自己并不是跟风的人，可是她忽略了：这个在西方人的餐桌上必不可少的饮品，到底在口感上有什么迷人之处？

她对小姨绽放了一个大大的笑容，留下一句甜甜的：谢谢小姨！便抓起钱包跑出家门，留下莫名其妙的小姨在沙发上叹气。

小莲到离家最近的购物中心，找到那个咖啡馆，虽然夜色已降临，咖啡馆里仍是人满为患，小莲排着队，看着前面打扮时髦的男男女女熟练地叫着咖啡的名字。到了小莲，服务员问她要什么，小莲心里一慌，连忙在心里搜索着听说过的咖啡的名字，“拿铁！”突然想到这个名词，小莲赶紧叫出声来，服务员微微一笑，拿过一个纸杯子递给小莲。

小莲拿着咖啡找了个角落坐下，看着窗外的夜景，啜了口咖啡，一种莫名的苦涩让小莲皱紧了眉头。味道有点像小时喝过的感冒药，不知怎么的，小莲又想起那晚苏铭的吻。

那个吻像是一把打开新奇世界的钥匙，没有幸福和甜蜜，却有一种怪异的刺激感，就像这杯咖啡。初尝苦涩，让人实在无法一下子爱上它，可是等到那股温润的液体缓缓沿着喉咙滑入胃中，除了胃里的温暖以外，还有舌头根部感受到的清香和韵味，等浓浓的咖啡豆的味道散开，留在口中的就只剩甜了。小莲想，如果没有最开始的苦，也不会品到最后这气若游丝却让人忍不住回味的甜，就像爱一样。

是啊，咖啡就像爱情一样，怎么之前没有想到呢？

小莲坐在窗前，慢慢地喝完一整杯咖啡，用随身携带的小本把灵感记下来，直到人群散尽才回家。回家后小姨已经睡了，小莲躺在床上睡不着，除了想到创意的兴奋之外，还有这是自己第一次正视那个吻。

第二天到公司，苏铭招呼大家开会，米菲紧张地拽着小莲，好像被苏铭点名出创意的是自己一样，小莲对米菲笑笑，示意米菲放心。

等大家坐定，苏铭朝小莲点点头，说："小莲，你说说吧。"

小莲深吸一口气，最后扫一眼自己做的笔记，走到会议室前面，说道：

"××咖啡馆非常受年轻人的欢迎，知名度很高，大家对这个品牌已经非常熟悉了。我看了一下他们之前做的广告，都是对咖啡馆本身做的宣传，我认为这次我们应该换一个角度，从咖啡入手，毕竟咖啡是核心产品，却被大家忽视了。人们只关注咖啡馆的环境氛围，觉得喝咖啡是一种时尚，但却忘了咖啡本身的口感。"

"这个咖啡馆售卖的咖啡品种非常多，口味可说是应有尽有，我想以咖啡的六种口感为主题：芳醇，温和，柔润，发酸，辛香，浓烈。每个主题对应一个爱情故事，其实咖啡的口感和爱情的感觉很像，苦中带甜，涩中有柔，我想也是这种矛盾的特征才会让那么多人欲罢不能。以诗歌的形式，每个主题讲一个类型的爱情，再配合相同意境的图，向受众传达咖啡是爱的滋味这个概念。这样不但可以增加咖啡馆的内涵和底蕴，在时尚的同时添加厚重感，还可以吸引一些有品位，并不喜欢速溶咖啡的受众。"

"而且我想，既然苏总说也许会有后续合作。"说到这里小莲忍不住笑了一下，这是自己第一次管苏铭叫苏总，"那么这个主题也是十分好延展的。无论是做视频宣传，还是做公关活动，或者互动营销，都可以围绕爱这个主题，让受众抒发自己对爱的看法，讲咖啡与爱情的故事，十分容易引起共鸣，互动性非常强。并且这个概念没有年龄、地域、阶级等限制，任何人都可以参与其中。”

小莲一口气讲完，下面一片沉默，她看到 Daniel 正皱着眉头不怀好意地看着自己，米菲却一脸惊喜的表情，忙着对小莲竖大拇指。可是苏铭不说话，没有人敢发表意见，小莲尴尬地站在前面，走也不是留也不是。苏铭不紧不慢地用笔在纸上写着什么，良久，苏铭才抬起头，面无表情地说："不错，我认为很好，我们就这样做吧，王东，设计方面你有大概的想法了吗？"

"嗯，有一些画面，具体的还要等小莲把文案写出来我们再商量，如果是诗歌的话，还是画配文比较好。"王东说。

"好，就这么定了吧。小莲抓紧把文案写出来，然后给到王东那边，这期间王东找找参考图，把任务分配一下，Andy 给设计把把关。就这样吧。散会。"

大家蜂拥而出，小莲还待在原地。就这么决定了吗，自己的创意被采纳了？直到这时小莲才缓过神来，同时庆幸自己这几天的努力没白费。

小莲回到座位上，马上接到苏铭的信息：

我输了，晚上请你吃饭。

好的，我要吃泰国菜。小莲回。

没问题！

下了班，小莲拒绝了米菲他们的聚会邀请，躲开众人的目光，灵巧地跳进苏铭的那辆银色奔驰，对苏铭吐了下舌头，顽皮地说："苏总，你输了哦。"

苏铭大笑了起来："不要叫我苏总吧，感觉怪怪的。"苏铭启动车，缓缓驶进拥挤的大道。

苏铭带小莲到这个城市最著名的酒吧街，车停好，两人走出停车场时天已经完全暗了下来。路把角那个造型奇特的购物中心亮着彩色的光，街上行人众多，他们三五一群，都着精致时髦的服饰，带着一种已经融入最新潮阶层的骄傲。小莲奇怪是不是这个城市的所有美女都像约好了一样聚集在这个地方，她看得眼花缭乱，觉得每个路过的姑娘都美的让自己羡慕。尤其是姑娘们脸上的妆容，她从没觉得化妆这么重要，可以改变一个人的精神气质，淡雅的妆容凸现品位，浓艳的妆容魅惑妖娆。小莲觉得，那些化烟熏妆，留长卷发，穿紧身裙黑丝袜的姑娘一定是公司里的万人迷；那些只化了睫毛，点了唇彩，穿职业装的姑娘是刚步入社会，刚懂得如何修饰自己的小白领；那些不着眼影的，眼线和眉毛都形状极好，穿着讲究的风衣的姑娘应该是已有些成就的成功女性，那是小莲想成为的类型，在小莲的想象中，那应该是苏铭的妻子的类型。

小莲被路边一个化妆品商店吸引了注意，里面放着粉色柔软的光，她第一次觉得应该修饰一下自己的脸，起码不是这样整天素面朝天，好像完全拒绝融入这个社会一样。苏铭注意到小莲的目光，对小莲说："要不要进去看看？"

小莲低下头忙说："不用了不用了，反正我不化妆。"

苏铭执意带小莲往化妆品商店的方向走去，边走边说："还是去看看吧，女孩子还是化个淡妆好，并不是化妆有多美，而是这是一种对旁人的尊重。"

小莲想想，觉得苏铭说的有道理，便同苏铭一起走进商店。商店的柜台小姐亲切地接待了小莲，耐心地给小莲讲刚开始化妆应该注意什么，并帮着小莲挑选一些基础的化妆品。小莲边听边用余光瞟着苏铭，苏铭在旁边的香水柜台不知研究着什么，还极认真地拿来香水一一试用，小莲想也许苏铭在给他的妻子买香水吧。

最终小莲挑了粉底液、睫毛膏、眼线和一只淡粉色的唇彩，到柜台结账时，刚才不知跑到哪去的苏铭却突然跑了过来，还没等小莲掏钱，苏铭就递给收银员一张卡，说："刷卡吧，没有密码。"

小莲愣住了，这时候苏铭已经结账完毕，拉着小莲走出商店。在商店门口，小莲停下，结结巴巴地说："我，我把刚才的钱给你吧。"

"哈哈。"苏铭笑了，"不用了，没多少钱，就当我送你了。"

"这怎么行？"小莲急了，她从来没收过男人这样的礼物，上学时有男孩追小莲，也都是送些毛绒玩具，这些化妆品比起毛绒玩具可要贵多了，"无缘无故的，我不能要你的礼物。"

苏铭看着小莲窘迫的模样，觉得她万分可爱，他不忍心让小莲尴尬，口气软了下来："收下吧，你给公司贡献了这么好的创意，就当是我这个做老板的送你的礼物。"这时，苏铭像变魔术一样从包里拿出一瓶香水。小莲认出这是刚才苏铭在香水柜台仔细研究的其中一款。"并且，我还想送你这个，淡雅的花香，很符合你的气质。"

小莲说不出话来，苏铭的眼神里只有真诚，没有一分一毫的戏谑和挑逗。她默默收下苏铭的礼物，小声说了句谢谢。

苏铭带着小莲往前走，两人各怀心事的都不说话。拐进一条狭窄的通道，走到尽头却豁然开朗，这是一个小花园。喷泉假山是装饰，乳白色的桌椅像是爱琴海里美丽的暗礁，一顶顶小洋伞支起点缀在桌椅上方，还有摇曳的烛光。人们谈笑风生，这是这个城市最美丽的夜景，有葡萄酒和飘散在空中高雅的香氛，旁边的酒吧里传来西班牙热情的舞曲，小莲不禁叫了声："真美啊。"

花园的三层是一个泰国餐厅，小莲只是随便说句，没想到苏铭真的找到了这个地方。苏铭给小莲菜单，小莲仍摆摆手回绝，苏铭点菜，那一道道泰国菜上来把小莲辣的够呛，忙不住地喝水，苏铭在一旁偷笑："知道了，你不能吃辣，下次带你去一个很正宗的湘菜馆。"

小莲睁大眼睛，想半天才明白苏铭在开玩笑，她微笑了下："苏总别开玩笑了，如果真去吃湘菜恐怕我只能看着你吃了。"

"怎么突然这么会说话了？"

"苏总教导有方啊。"说完小莲也忍不住地笑了起来。她捂着嘴，强忍着不让自己失态，散发出一种苏铭没见过的稚气未脱的可爱，苏铭心里一热，几乎是脱口而出：

"小莲，我们还是说说那个吻吧。"

小莲知道这个话题早晚会被扯出来，抱着一种早说早解决的心态，她毫无畏惧地直视着苏铭，说："好吧。"

"其实我并不是有意的。"苏铭说，"作为一个已步入中年的男人，应该有与这个年龄相符合的理智，我确实被你吸引了。但我更愿意与你维持一种纯洁的朋友关系，甚至是事业上互相帮助的伙伴关系。我有家庭，如果我年轻5岁，也许我会去追求你，但是现在的事实是，我什么都无法给你。我也为自己的冒失而向你道歉，如果可以，希望你不要在意。"

苏铭一番话说的合情合理，其实不用想也知道，事情必须是这样的，小莲松了口气，却也感到有些落寞，小莲想了想，回苏铭：

"我不介意，我不会强求什么，有你这样一个好朋友，我觉得很开心。"

苏铭看起来很开心，继续说："那以后就不要把我当作老板了，把我当你的朋友吧，有什么不开心的都可以和我说。"苏铭想起上次在自己家里，小莲那么毫无防备地给自己讲家里的事，顿了一下，眼神也黯淡了下来。“小莲，我不希望你总憋在心里，如果你信任我，你可以什么都告诉我，我不会有任何的偏见。你很有才华，我坚信你很适合广告这个行业，希望你能走得更远，我也会尽我所能地帮助你。”

“谢谢……”小莲觉得很感动，不自觉地红了眼圈，在心里她告诉自己，不能哭，一定不能哭出来。

“大部分时候我觉得你很快乐，好像什么都不用想，但有时我觉得你很孤独，我才知道那些快乐也许都是你伪装出来的。我不希望你这么忧郁，我在你身边，不管以什么样的形式，什么样的关系，我一直都在。”苏铭握住了小莲的手，那双手传递着温暖，诉说着坚韧与执着，它给了小莲力量，仿佛在告诉小莲：一切都已经过去，这个世界亮了。

我一直都在。这是小莲听过最动人的话，这要比那些甜蜜的情话有分量得多，在以后的很长一段时间里，小莲都靠着这句话而活着，坚持着。即便斗转星移，物是人非，小莲也从没放弃过内心的希望。那个执拗的连自己都不知道为何存在的希望，它根深蒂固地植入小莲的心里，当寒风彻骨，事与愿违，这句话是一股暖流，她可以忘记说这话人的名字，但是这五个字，每个发音，每种气息，都是小莲强大到别人无法想象的内心的依靠。

她从那时就坚信苏铭会一直都在，一定不会走，她从来没有怀疑过。

第二天小莲化了淡妆，洒了一些苏铭送给她的香水，梳顺了自己乱糟糟如海藻一样的长发，站在镜子前，她发现那个姑娘变了。

清新的气质中带了一丁点的成熟和优雅，眼睛里也多了一些不易察觉的坚定，她觉得心中有一朵花正在悄然开放，自己也正在蜕变，她希望等到自己盛放的年纪，可以遇到一个与苏铭一样的男人。

米菲仔细端详了小莲好久，惊喜地叫道："我们的小莲真是长大了，越来越漂亮了。"

"去你的。"小莲不好意思地推开米菲。

米菲笑嘻嘻地开着玩笑："小妞儿，今晚跟爷走吧。"两人打闹了一会儿，米菲突然说："对了，我有四张电影票，晚上我准备和我男朋友一起去看电影，你也叫上你的男朋友，我们一起去吧。"

"可是我没有男朋友啊。"小莲无奈地说。

"怎么可能。"米菲盯着小莲，像盯着一个外星生物，"你这么好看，怎么可能没有男朋友，眼光太高吧。"

小莲不理米菲在一旁自顾自地念叨，交不到男朋友也是无可奈何的事，如果告诉米菲自己从没交过男朋友一定会被她笑话，还是专心地工作吧。

接下来的时间，小莲全身心投入咖啡馆的文案创作当中，虽然爱情这两字对于小莲来讲太过缥缈，但她天生感受力强，感情又细腻。过了几天，小莲以咖啡的六种口感写好六首诗拿给王东，王东看了不住地点头，小莲紧张地问：怎么样？王东说：我觉得不错，但是我对文字没什么研究，既然苏总相信你，应该也没什么问题了，之后的设计工作我们来就好了，辛苦了。

这些文字优美流畅，讲述了四个动人的爱情故事，又简短凝练，通俗易懂。小莲似乎是天生擅长诗歌的人，其实她写了不止六首诗，还有一首，她是写给自己看的。

我想陪你走一遍
你曾经流连的时光
我想陪你去一次
你曾经离开的地方

我梦见城墙里的眼睛
还有眼睛下的光
你梦见加州的树荫
还有树荫中的雨

我想为你唱一首歌
一首没有名字的歌
那些橙色的暖风
是你来不及的回忆

我想为你叹一口气
一声没有回响的叹息
窗台上的雨滴
跳着没有来由的舞

现在我想起北京的天
还有纷飞的单车
现在你想起故乡的夜
还有脆弱的月亮

我想为你种一朵花
我想为你栽一棵树
我想为你铺一条大道
让她们在上面走
不停地走
不能回头的　义无反顾的
她们走向你　拥着你　亲吻你
也走向那些
绝望的
回忆的
模糊的
美丽的

我想陪你伤一次心
再伤一次
直到世界只剩蓝天
我想为你做的事
就是她无法为你做的事
那句明媚的童话
那个深蓝的约定
那座纪念的城
那些无法忘怀的曾经

写这首诗时，小莲脑子里什么都不想，她没有为任何人写这首诗，也许只是为一个模糊的影像，一个存在于脑海中的记忆，一种昏暗没有形状的意识，但是她写的动情，仿佛已经知道了爱情的模样。

这组咖啡馆的系列创意大获成功，客户赞不绝口，并在开会讨论后续的合作。整个创作过程中苏铭都没有插手，Andy 也没有让小莲再修改文案，所以应该是默许了，直到成品出来，苏铭拿来看，才发现那些文字灵动巧妙，不仅仅是宣传语，说成艺术也不为过。他认为小莲的成功恰恰是因为没有接受过专业训练，天马行空的思想是不应该受到禁锢的。

咖啡馆系列创意告一段落后，小莲在公司里引起了大家的注意。以前本是一个低头不语，说话轻声细气，动不动就脸红的毕业生，现在小莲走在公司里总有认识不认识的人热情地和自己打招呼。公司里的女孩子们也渐渐接受了小莲，小莲第一次感到融入了这个圈子，同时感叹道：在社会上，努力工作才是拥有友谊的前提。

那天苏铭在咖啡馆外，看着已出世的海报，来回品味小莲的文字，觉得心里一股暖流涌入，这是苏铭多年不曾有的感觉。

第八章

柔　情

I want to be alone for a while

I want earth to breathe to me

I want the waves to grow loud

I want the sun to bleed down

我想独处一段时间

我想贴近地面呼吸

我想让海浪高过我的头顶

我想看见夕阳西下

自从那晚苏铭和小莲达成共识后，两人都轻松了，也放开了，他们都认为可以做彼此一辈子的朋友、知己。尤其是小莲，苏铭一段话，却让小莲有了从未感受过的勇气和温暖，她认为这个男人可以做自己一辈子的朋友、兄长。可是她忽略了内心正在慢慢滋生的情愫，这些感情柔软无骨，纤细到不易察觉，可它实实在在存在于那里，一旦时机成熟，它便会横闯肆虐。小莲认为自己能控制住它，她相信苏铭也能。

苏铭和小莲越来越经常在一起，只做着那些最单纯的朋友之间做的事，吃饭、看电影、开彼此的玩笑、谈论公司里人的故事。小莲也因此知道了 Andy 曾经历的被逃婚事件，新娘在婚礼前一夜拿着 Andy 所有的血汗钱消失了，小莲为 Andy 抱不公，也觉得他可怜。从此每在公司看见 Andy 小莲都无法控制自己异样的眼神，如果碰巧苏铭路过，苏铭会瘪一下嘴，冲小莲眨眨眼，这是两个人之间的秘密，无法对别人说。小莲每天看着那个高高在上的人，内心仔细品味这个人只有在自己面前才显露的脆弱和顽皮，小莲觉得这是一种幸福。

小莲读书读得多，苏铭从小就学画，他们彼此分享双方对这两种不同的艺术领域的见解，即便在网上两人也能聊到深夜。小姨曾不止一次问小莲是不是交了男朋友，因为她经常看到小莲对着电脑傻笑，每当这时，小莲都会摇摇头，轻描淡写地回：只是交了要好的朋友。

如果说两人都热衷的事，那就是看电影，一有新上映的电影，苏铭就会找机会邀小莲去看，然后在漆黑的电影院里你一言我一语地讨论主人公的命运。如果碰上国产烂片，两人便会不约而同地要求离开电影院，然后在电影院门口看着一个个中途退场上当受骗的人们，然后小莲就会肆无忌惮地放声大笑。苏铭喜欢看小莲笑，他觉得小莲一笑，所有的花都开了。

没有年龄的差别，没有阶级的歧视，没有社会责任的枷锁，小莲觉得这是最美妙不过的一种关系。苏铭会跟小莲讲他一切的前女友，却闭口不谈自己的妻子，小莲也会说自己所有的经历，却绝不说对苏铭的期望和感情，这像是约好的。如果打破这个规定，那么一切都完了，这像是一种真空中的守恒状态，一点风吹草动就能毁掉它。但正是这种似乎不存于世间的真诚，让人忍不住放下一切地去为它冒险。

小莲还是会去红宝石山庄，这是她与苏铭的一个小游戏，她在那棵丁香树旁坐好，边听音乐边瞟着苏铭书房的落地窗，当苏铭拉开窗帘，准备享受午后阳光的时候，会惊喜地发现那个丁香树旁静如处子的女孩儿。然后苏铭跑下来，邀请小莲上楼，他们也会喝酒，喝着各种不同年份不同产地的高档葡萄酒，小莲的酒量也越练越好，只是两人再没有过分的亲密举动。

已是夏末，傍晚有了凉意，小莲披了件单衣，久久张望着苏铭的窗口，这个下午苏铭没有出现，小莲想也许他出去办事了，再等10分钟如果他不来就离开吧，小莲有些失望。在小莲胡思乱想的时候，一阵香味儿飘来，小莲耸着鼻子使劲辨别，丁香花早已开败，这刺鼻而略带香艳的气味绝不是花香。小莲下意识地抬头看，只见一个女人穿黑色薄风衣，穿足有10厘米的高跟鞋，利落短发，皮肤细嫩，戴着巨大的墨镜，小莲看不见她的脸。女人拽着一个行李箱，上面醒目的LV标志刺伤了小莲的眼睛，女人走起来路来摇曳生姿，妩媚而不轻浮，端庄而不保守，小莲想起酒吧街那些小莲羡慕的成功女人。这个女人身上有小莲一切梦寐以求的东西，淡定从容的举止，仿佛一切苦难和障碍都不在话下，小莲往后靠了下，幸好女人走得急，自己又在角落里，女人并没有意识到小莲的存在。

别墅的门开了，苏铭从屋里走出来，小莲这时想原来苏铭一直在家，为什么不去二楼拉开窗帘看看呢。她以为苏铭是开门找寻自己，不自觉站直了身子，可是苏铭却径直朝那个女人走去，微笑着接过行李箱，扶着女人进到屋里，房门关上。

小莲一人立在原地，大脑一片空白，这是苏铭的妻子，她从国外回来了。为什么苏铭从来没对自己说过，小莲可以肯定刚才苏铭看到自己了，但自己就像一片垃圾一样，苏铭视而不见，任凭这片垃圾飘散在空中。小莲看到屋里的灯打开，她想象着苏铭的妻子进屋脱去外套，十分熟练地换上拖鞋，在那个自己已经很熟悉的地方来回踱步。她上到二层，到他们孩子的房间，一家人团聚，本来是顺理成章的事情，这本是他们的家，可是小莲却有严重的孤立无援感，小莲知道自己越界了。

回到家，小莲一直情绪低落，面对小姨做的满桌子的饭菜却一点胃口都没有，小姨很着急，不知道小莲发生了什么事。只有小莲自己知道，这种夹杂着悔恨的难过，是自己不顾一切越进这片城池的代价。

第二天上班证实了小莲的猜想，她看到那个女人端正地坐在苏铭的办公室，小莲坐在自己的座位上，却没有办法控制自己向那边看去。小莲隐约看见女人的脸，五官不算好，却大气，面庞饱满，嘴唇丰厚，吸引小莲的是那种只有丰厚的物质条件和过人的身价才能营造出的气质。小莲看到她安静地坐在苏铭办公桌对面的沙发上，并不说话，只是默默注视着苏铭，小莲在想是什么样一种感情才能驱散久别胜新婚的冲动，是相濡以沫的信赖。

米菲拽着小莲的袖子，神秘地说：“看到了吗？苏太太来了。”

“苏太太？”尽管小莲昨晚已经见过，但头次听人说起这个称谓还是让小莲心悸了一下。

“对啊。”米菲激动地说，“她叫莫燃，据说在苏总最困难的时候一直陪在苏总身边，也给了苏总不少帮助，她家有权有势，苏总肯定是因为这个才能做到今天的地步。”

小莲惊讶地看着米菲，米菲被看的不好意思，连忙说：“当然苏总有能力也是毋庸置疑的，但是捞着这么一个女人，何乐而不为呢。气质又超好，苏总对她可温柔了。你看看她身上那些名牌，不得不说，女人的气质就得让名牌来衬托……”

米菲仍在一刻不停地说，小莲自动屏蔽掉那些话，心里乱的不行，自己明明和苏铭没发生什么，却羞愧的恨不得找个地缝钻进去。也许自己心里已经对苏铭有了别样的期望，之前没发觉，现在这期望却如捣乱一样尤为强烈，小莲想：现在先不琢磨了，好好工作，等下了班再好好想。

那一天的班上得浑浑噩噩，下了班小莲逃命一样跑出公司，呼吸到新鲜的空气觉得舒服了许多，坐地铁时她特意少坐了一站，想借着晚风和沿途的风景冲淡下自己的焦虑。她看着路边匆忙的行人，脸上的表情黯淡而忧郁，她突然觉得自己是如此的渺小，梦想和情爱是这么不堪一击。对于小莲，她初次品尝到这个世界的无奈，也略微了解了社会规则，可在那时，她并不知道反击这些规则和约定的最有效的武器就是缄默不语。

在小莲的心里有一些愤怒的苗头，这是连她自己都察觉不到的，因为在接下来的一个月，苏铭没有再和自己联系，甚至在公司里网络上的闲聊也没有了，苏铭好像刻意在回避什么。那些曾经的，苏铭的关爱和暧昧全都如泡沫一样消失得无影无踪，小莲像做了场梦一样，身处梦境中并没觉得什么，直到梦醒了小莲才体会到那些血淋淋展现在自己面前的现实。所幸小莲并不是一个喜欢钻牛角尖的女孩儿，她把所有对苏铭的疑惑和埋怨都转换成工作上的动力。在文案方面，小莲越来越得到公司人的肯定，Andy 也开始放心地让小莲独自去完成工作，小莲的工资涨了，因小莲的努力以及对公司做的贡献，小莲拿到了与米菲他们一样数额的工资。小莲给小姨买了很多东西，小姨笑得合不拢嘴，同时也严肃地告诉小莲不要骄傲，一定要继续努力。

咖啡馆的平面广告获得成功后，他们真的履行诺言，亲自登门要求后续合作。作为主创人员，小莲与 Andy 他们一同开了客户会，几个西服革履的人在会议室里笑开了花，花了很少的钱达到了这么好的效果自然是件让人高兴的事，其中一个戴着眼镜看似主管的人说：

“很高兴能跟你们继续合作，我认为上次的创意很好，打破了一些规则，很有意思，这次我们打算主攻品牌推广，还是想要一些鲜活的创意。”

“我认为我们可以往互动广告的方向想一想。”Daniel 马上插话道。听米菲他们说 Daniel 是做互动广告出身的，小莲能看到 Daniel 脸上迫不及待的表情。“互动广告参与性强，趣味性也更多，对于喝咖啡这样的都市潮流，可以用这样更年轻更有激情的方式。”

“嗯，我们也是这个意思。”西服主管说，“那么创意方面就有劳你们了，我们希望能快一点。”

送走客户，Andy 简单安排了接下来的工作，并特地笑着对小莲说：“小莲，加油！期望看到你更有意思的想法。”

开完会，小莲又回到了那种每天苦着脸想创意的状态，经过这段时间的磨炼，小莲逐渐摸索到了一些门路。她认为创意并不是天马行空，而是从世间万物的精华中汲取的，她认为的创意应该是更贴近生活。小莲没有专业学过广告，这却帮了她很多忙，她不懂那些复杂的名词和神秘的专业软件，她只知道身边的每一件小事，看似平凡温暖，却都是她灵感的源泉。

这次的创意，小莲希望能挖掘一些更深层次的本质的东西，喝咖啡能让小莲有爱情的感觉只是表象，她认为咖啡一定还能激起人们更多的共鸣。从那天起，小莲每天下班都会到咖啡馆泡一个小时，有时看些书，有时胡乱写一些东西，她开始享受这种静谧舒适的氛围。当咖啡馆的人们一个个散去，只剩小莲蜷缩在角落，沉浸在自己的世界，她觉得安全而温暖，这让她想起自己在红宝石庄园丁香树下读书的情景。在浮华喧闹的城市里，她感受到这个地方的朴实与平凡，更唤起了她内心深处对已渐渐逝去的纯真的向往，小莲惊讶，原来自己早已不是刚毕业时那个不谙世事的小女孩了。

从前有一个美丽的洋娃娃和一个破旧的木偶
他们和许多玩具生活在一个老式桃木箱子里
有一天
木偶对洋娃娃说
既然我们都在同一个箱子里
不如我们做一对恋人吧?

洋娃娃很高傲　她有一头金黄的耀眼的头发
陶瓷样白色的皮肤　清澈见底的蓝色眼睛
她穿着天鹅绒的舞裙　红绸舞鞋
身体好像天生是为跳舞而生的
婀娜的如荷叶一般
她是爷爷从伦敦一家精致的玩具店买回来的
可木偶却很不起眼

不能说是丑陋

只是他破旧不堪的衣服　和放了很多年已经坏掉的身体

像个乞丐一样总是待在角落

可自从洋娃娃被带回来那天　就和木偶放在了一起

也许是因为他们身形大小一致吧

还是那样一天　风和日丽阳光温暖

站在阳光里好像自己都要融化一样

虽然紧闭的桃木箱子里感受不到这一切

木偶还是忍不住对洋娃娃的爱慕

于是他轻轻地　仿佛怕吓到对方一样

于是洋娃娃听到一个温柔的声音　如春风般

“既然我们都在同一个箱子里不如我们做一对恋人吧?”

可是洋娃娃懂得什么是爱情吗　她天生就是被别人追随羡慕的

她用她美丽却冷漠的蓝色眼睛瞟了木偶一眼

没有说话

她的心是有触动的　却无法表现出来

也许是高傲惯了

于是木偶伤心了　他那颗木头的心脏受到伤害

可是他马上又恢复了乐观

木头怎么轻易就能破碎呢

然后分离的日子到了

爷爷的小外孙女过生日爷爷要把这名贵的洋娃娃送给自己娇生惯养的宝贝

就在洋娃娃被拿出箱子的那刻

木偶好像心碎了一样

感觉自己浑身都没了力气　好像身上所有零件都掉落了

他看着洋娃娃天蓝色的宛如她的眼睛一般的裙角一点点离开自己的视线

可是他只是单纯地在想

我离开了谁来原谅你做的这一切呢?

我离开了谁来保护你呢?

桃木箱子关上了

又是木偶一个人待在了漆黑的角落

美丽的洋娃娃来到了新家

看到了许多形形色色的美丽的娃娃

和很多英俊的气度不凡的木偶　他们当然没有破旧的衣服

还有温暖的壁炉　精致的小点心

洋娃娃觉得很融洽

日子在一天一天重复着

洋娃娃开始想念以前那个破旧的木偶

想念他忧郁的眼神

他有时会低下头思考　侧脸像雕塑一般　棱角分明

洋娃娃不明白　为什么以前的情景
现在竟这么真切的拼命在眼前重现
她的心开始一点点抽离　暖暖的痒痒的
好像有无数飞虫在心里捣鬼
她开始心神不宁　经常看着窗外发呆
于是她明白　这就是爱了
洋娃娃便开始满怀希望　她希望那个木偶能来找自己
希望那天　哦是阳光灿烂的一天　那个破旧的木偶能奇迹地出现
他不是说我爱吗　那么我丢了他就应该来找我

洋娃娃拒绝了很多其他英俊木偶的求爱
专心致志地等着
可是他来了吗
来的只是不尽的绝望　只是对爱艰难的否定

故事完了吗
那再让我多讲一句吧
在那个桃木箱子里　还是那个漆黑的角落
木偶对着一只色泽鲜艳的陀螺说
还是如沐春风　无比温柔

“既然我们都在同一个箱子里不如我们做一对恋人吧？”

这是小莲在咖啡馆里写的文字，小莲不知道自己怎么会写出这样的结局，也许她潜意识里已经不再相信童话了，她甚至开始怀疑起童年的那个信仰。

小莲回到家，看到小姨正在收拾屋子，压箱底的针头线脑全被小姨翻出来，一个个打量，仔细研究扔还是不扔，最终还是被小姨规规整整放回柜子里。小莲换上家居服，马上过来帮忙小姨，她边利索地把一摞衣服放回衣柜，边笑着嗔怪小姨："您说您老倒腾这些干吗，又不舍得扔。"小姨也笑着回："嗨，这不是没事干吗，把家里收拾的整齐些，心里舒坦。"

小莲忙着收拾那些被小姨翻腾出来的东西，小姨却从床下拉出一个大黑箱子，还没等小莲阻止，小姨已经将箱子打开，那个箱子里满满地装着小莲童年时的记忆，老照片、小莲小时收集的钥匙扣，还有很多娃娃。小时候，小莲像所有女孩子一样喜欢娃娃，那种塑胶做的身体，眼睛大大的，可以换衣服的娃娃。那时芭比刚流行，却价格昂贵，小姨买不起，小莲的妈妈从不在乎自己女儿小小的童年梦想。于是小姨就从地摊上买那种形状类似，做工却差得多的娃娃，并亲自为娃娃缝制衣服，每次小姨变魔术般从口袋里掏出一件刚做好的娃娃衣服的时候，几乎是小莲最开心幸福的时刻。这时小姨拿出一个娃娃，感慨万千。小莲却从那个娃娃身上读出了其他的信息，那个小小的身体几乎承载了小莲所有的童年的希望。小莲的童年是冷的，可是每次看到这些穿着五颜六色的娃娃，心里便像燃了团火一样温暖，就像咖啡馆那个只属于自己的角落，安全、舒适。小莲突然想到了什么，马上起身跑到自己屋里，留下小姨一人摸不着头脑，边往小莲屋里张望边念叨着："这孩子。"

第二天小莲早早来到公司，看见 Andy 背着包大摇大摆地走进来，马上跟了上去，Andy 看见小莲一脸严肃吓了一跳，连忙带着小莲到会议室，用急切的目光询问着小莲，小莲说：“关于咖啡馆的创意，我是这么想的。”

“这事儿啊……”Andy 长舒一口气，“明天才开创意会呢，这么急干什么？”

小莲被 Andy 夸张的表情逗笑了，连忙问：“不然你以为是什么事啊？”

“我以为你要辞职呢。”Andy 认真地说。

小莲愣住了，心想就算要辞职，也会先跟苏铭谈，况且自己的工作刚有些起色，怎么会辞职呢。在小莲心里，从没有想过自己会离开这个公司。Andy 看小莲不说话了，便换了话题：“不是辞职就好。广告公司人员流动大，好的文案也不好找，真正的人才都去 4a 了，没人会光顾我们这样的小私企。不说这个了，说说你的想法吧。”

“我想问一下，”小莲说，“我们公司是不是有个服装品牌的客户？”

“是的。”Andy 搓搓手，换上一副公事公办的神态，“就是这阵子的项目，是个二线品牌，不过我们只负责拍照和一些简单的海报设计，况且他们有自己的 slogan，所以这个项目不需要文案——怎么？”

之前小莲只是听米菲咋呼，说王东他们到影棚看到了某明星为这个服装品牌代言，现在从 Andy 口中得到了准确的信息，小莲不由地激动起来，把自己的想法全部和 Andy 说了。Andy 听后紧锁眉头，沉思了良久，而后缓缓地说：“我觉得不错……不对，是非常有意思。我只是有一个担心，这个服装品牌的市场部经理非常难缠，总是挑刺儿，我怕他会不接受你的创意。”

“如果方便的话，请让我说服他吧。”小莲说得很诚恳，两只大眼睛忽闪忽闪的，透着股执拗和坚韧，Andy 想了想，笑了，说：“也好，他们下午会过来挑上次拍摄的照片，你和我们一起开会吧。小莲，加油。”

小莲回到座位上开始整理思路，把下午开会时要说的话全都认认真真记在本子上。市场部的李经理带着大队人马到公司的时候已是下午 3 点，小莲整整等了两个小时，米菲拽拽小莲的衣服，低声说：“看看，又迟到了。”

“这么不守时，怎么当上的经理？”小莲惊讶。

“没办法。”米菲摇摇头，“这个服装品牌虽不是一线大牌，比香奈儿、迪奥那些差得远，但也是个颇有影响力的国际品牌，他们看不上我们这种小公司，这个单子还是苏总凭关系争取上的。”

小莲还想说点什么，却看到 Andy 朝自己招手，急忙起身跟着进了会议室。那个李经理早已端坐在会议室的主坐上，旁边零零散散坐着几个不认识的人。Andy 为李经理介绍小莲，李经理给小莲递了名片，小莲默念上面的名字：李君生。再看那张脸，白白净净的，浓眉大眼，唇线坚毅，长着一张书生的脸，却有着纨绔子弟一样风流的气质。小莲从他眼中看出了高人一等的优越，小莲从心底厌恶这样的人，却不得不笑脸相迎。Andy 给李君生看拍摄的照片，李君生似乎并不在乎，匆匆扫了一眼便说：“我觉得没什么问题，你们定就好了。”

Andy 朝小莲使了个眼色，对李君生说：“李经理，其实我们有一个 co-branding 的创意建议，希望您能给我们几分钟的时间。”

“说来听听。”李君生还是那副漫不经心的神情，Andy 朝小莲点点头，小莲走到会议室的前头，深吸一口气，开始讲解。

“李经理您好，我是创意部的小莲。”为了表示礼貌和尊重，小莲重复了一遍自己的职务和名字，“是这样的，最近我们正在服

务 ×× 咖啡馆的品牌传播，客户提出要一些有新意的互动营销的点子，而这个创意正是从我小时玩的娃娃中产生的，贵公司的品牌与 ×× 咖啡馆的品牌都是颇有知名度的，如果可以的话，我希望两公司可以强强联手。以纸质的咖啡杯作为传播媒介，印上一圈男女模特的图片，而防烫套上则印刷上各种最新的潮衣——也就是贵公司的产品，这样不同的防烫套套在杯子上，可以有模特试穿不同衣服的感觉，这样不仅有新意，更能激发人们的童趣，不管是对贵公司还是 ×× 咖啡馆都是双赢。"

说完，小莲紧张地在李君生脸上搜索，想要看到兴奋或者满意的表情，无奈李君生默默地摇摇头，说："我们凭什么跟他们一起宣传？"

这句话问的小莲哑口无言，小莲仔细回想自己刚才的那番话，并没觉得有什么纰漏，双方都能赢利是明摆的事情，没想到李君生竟然这么不客气，小莲稳定了下情绪，继续说：

"李经理，我相信您肯定去 ×× 咖啡馆喝过咖啡，不管是谈事还是休闲，您仔细想想，如果平淡无奇的咖啡杯上加上这么一圈装饰，是不是很夺人眼球呢？我们还可以把这个杯子设计成限量版产品，这样无论是咖啡杯，还是外面那层印有贵公司产品的防烫套都有了收藏价值。咖啡馆的流动量大，如果贵公司的最新产品出现在杯子上，人们看到心仪的服装自然会去店里买，这无疑省了一笔可观的宣传广告费用。我知道您平时工作很忙，但是我相信您的妻子甚至您的女儿，看到这么有意思的咖啡杯，一定会拿回家收藏，让这样有趣味的，并且印有您公司产品的杯子一直保留在潜在客户家里，您不觉得很有意义吗？"

"抱歉，我没有妻子也没有女儿。"李君生翘起嘴角，看似是在笑，小莲却觉得这个人在侮辱自己。这番话小莲说的合情合理，李君生却丝毫不动心，两个人就这么僵持在这里。Andy 看到事情没有转机了，只能打了个圆场，把创意卖给李君生的事情就这么搁浅了。

送走李君生他们，Andy 找到垂头丧气的小莲，安慰她说："不要理那个人，我还是觉得你的创意很好，我们可以卖给其他服装品牌，天底下又不是只有这一家品牌。"

不出所料的，咖啡馆的客户觉得这个创意很好，在会议室里，客户大声称赞小莲，弄的小莲有些不好意思。苏铭也对小莲投来赞许的目光，小莲沉浸在那样的目光里，觉得眼前的苏铭很陌生，她不由地想，苏铭有多久没对自己笑了。这几个月来，小莲很少看到苏铭，更没有跟苏铭出去约会过，苏铭好像把自己之前的承诺全部忘记了，小莲觉得失落。但仔细想想，这也许是最好的结果，本是一段毫无结果的感情，如果自己仍然坚持那就太傻了。

离圣诞节还有半个月，街上满是节日浪漫的气氛，米菲红着脸跟小莲讨论圣诞节去哪儿玩，小莲表示自己要回家，小姨对这种洋节没有兴趣，自己必须回家陪小姨。小莲想到在红宝石庄园那所大房子里，现在一定满是装饰用的花朵和彩灯，苏太太在国外生活久了，一定会在客厅中摆上一棵耀眼的圣诞树。那时小莲不知道在国外，家里的圣诞树必须是圣诞那几天才能摆上的。在她心里已经开始悄悄描绘那棵圣诞树的形状，那些装饰物是那么明媚，小莲觉得孤独，她看着这个被节日气氛渲染的城市，更感到内心的冰冷，那是小莲第一次觉得寂寞。

咖啡馆的项目进展的很顺利，客服部经理也找到了其他愿意合作的服装品牌，只等签合同了。那天小莲照例来上班，却被苏铭招到办公室，她看到苏铭神色慌张，不知发生了什么，只得快步走到会议室。小莲发现会议室里坐满了人，Andy、王东、Daniel，还有几个客服部的同事，每人都低头沉默不语，小莲脱口而出："出什么事了？"

"看报纸了吗？"苏铭甩给小莲一份报纸，小莲马上读起来。原来是咖啡馆出了问题，有关部门监察出××咖啡馆进口咖啡豆出现质量问题，虽然还在调查当中，但对××咖啡馆造成巨大影响是肯定的了。小莲搞不清楚，这么大一个品牌怎么会突然出现这种问题，更不明白这一屋子人都表现出大难临头的样子是为什么。

"合同什么时候能签？"苏铭不停踱步。

"本应是今天，但他们的头儿临时出差……"客服部经理回。

"这么大篇幅的报道，我估计他们是没戏了。"Andy说，"服装品牌那边的客户你们联系了吗？他们看到这则新闻了吗？"

"我们还没有联系他们……"客服部经理小声说。

"怎么回事！"苏铭打断客服部经理，"我们必须要在这件事严重到无法收拾前把合同签了，这么大一个单子，你要跑多少次业务才能拿到！"

听了这几个人的对话，小莲明白了，苏铭想在事情闹的沸沸扬扬前把合同签了，合同就意味着钱，可是小莲还是觉得不对劲，难道生意就是这样做的吗？

"为什么要签合同……"小莲小声说，在这个安静的连根针掉地上都能听到的会议室里，每个人都惊讶地看着小莲。

"你还不明白吗？"Daniel气急败坏地说，"不签合同，你让我们去喝西北风？我们……"Daniel还想说，却被小莲一句镇定的"我知道"打断了。

“我认为不应该签合同。”小莲鼓起勇气说。

王东瞪了小莲一眼，示意小莲别说了，却迎上小莲那月光一样皎洁的眼神。苏铭停止踱步，两手撑在桌子上，用一种陌生到让小莲害怕的眼神看着小莲，小莲感到苏铭在强压着怒火，他问小莲：“那你说说为什么？”

话已经说到这个地步，小莲只能一股脑儿把内心的想法都倒了出来。她拿起报纸仔细阅读，苏铭就那样等待着她，小莲缓缓地说，眼睛却不离开报纸。

“我不知道这是不是事实，也许只是个误会……”小莲把已经被手攥出痕迹的报纸抚平，望着苏铭说，“如果是真的，我不认为我们应该为一个品质有问题的产品做广告……”

“够了！”Daniel 生气地打断小莲，“小莲，你到现在还觉得生意只是游戏吧！你……”

苏铭不耐烦地挥挥手，让 Daniel 住口，并示意小莲继续说下去。

小莲放下报纸，说：“虽然我不懂生意，但我绝不认为这是儿戏。挣再多的钱，也不能没有良心，况且这件事情非同小可，涉及到两个品牌的利益。我们更不应该让另一个无辜的品牌卷入这场风波，也许这只是一个小广告，对那些大集团来讲只是小钱，但这是原则问题。”

Daniel 还想发作，但看着苏铭沉思的模样，话到嘴边又咽了回去。会议室里的每个人都不再说话，就这样安静了十来分钟，小莲已经感到脊背发凉，整个人虚脱了一般。她不知道苏铭的想法，在她心里已经做了最坏的打算：苏铭把自己开除。但她并不认为自己的看法有任何错。直到苏铭让所有人都离开会议室，小莲最后一个离开，轻声带上了会议室的门。她看见苏铭用手撑着头，开始反思自己是不是太不给苏铭面子了，同时她悲伤地想着，这个男人也许再也不会站在自己这一边了。

苏铭一个人坐在会议室里思绪万千，让他动容的不仅是小莲的观点，更是这个姑娘眼里那种与年龄完全不符的坚毅的目光，好像她是一块没有任何瑕疵的水晶，映射着自己的罪恶和不堪。他开始想自己的初衷，为什么要开这个广告公司，曾几何时，苏铭怀着要用创意救国的梦想，却被这个社会一点点地吞噬。小莲那番话好像是一根救命稻草，找寻出了苏铭最本质的单纯，小莲像是一股清风，吹散了所有的污秽和浑浊。苏铭开始自责，为自己已经逐渐变成一个满身铜臭味儿的商人而自责。

过了半个小时，小莲看到苏铭从会议室里走了出来，脚步恢复了往日的矫健与自信，她觉得苏铭作出决定了。她希望苏铭能走过来告诉她，不管是采用她的观点还是开除她，小莲需要苏铭的决定。可是苏铭快步走进自己的办公室，甚至都没往小莲这边看上一眼，每个人都像平时一样，好像刚才的事情从未发生过。小莲觉得浑身无力，她自认为已经失去了苏铭的信任。

直到快下班的时候，小莲才收到苏铭的信息：

我想了很久，你说的很对，挣钱不能失去良心，谢谢你。

小莲盯着屏幕看了好久，心里没来由地慌乱，就在她考虑回还是不回的时候，苏铭的信息又过来了：

我太太下周就走了，到时一起过圣诞吧。

第九章

情　绪

My first time, hard to explain

Rush of blood and a little bit of pain

On a cloudy day, it's more common than you think

He's my first mistake

我的第一次，难以名状的初次

血涌起的冲动，还有一点疼痛

在那个多云的日子，一切都和你想的一样

他是我的第一个错误

圣诞节的那一周，公司里也摆上了圣诞树，门口那棵几乎触及天花板的庞大的圣诞树上，挂满了夺目的彩灯、袜子、小玩具，下面还堆了一圈礼物盒子，招摇的好像故意做给人看一样。这棵如此有象征意义的树在公司里这么一摆，让小莲也觉得心里暖洋洋的。尽管是个和自己没太大关系的节日，但小莲还是全身心地投入到过节的欢乐气氛中。

米菲不再使劲嚷嚷如何过圣诞，因为得到消息圣诞夜老板请客，苏铭包下了一个夜店里最大的套房。在听说当天可以带家属的时候，米菲嘿嘿笑着说："真好，本来还琢磨圣诞夜去哪儿玩呢，这下又省钱了，又不用费心思了。"

小莲一直沉默着，她心里打着鼓，并不是因为自己没去过夜店，而是不想在娱乐场所面对苏铭。苏铭太太走了以后，小莲绞尽脑汁地回避苏铭，不理苏铭发来的信息，挂苏铭的电话，所幸苏铭并没有到家门口等小莲。但小莲知道这么躲着不是办法，毕竟在一起工作，小莲暗自决定，一定要想办法与苏铭回到最初的那种纯洁的、不夹杂任何情欲的关系当中。小莲没有想其实现在也并没和苏铭做过什么过分的事，但自己的心思变了，有些东西过去了就永远不会再回来。

圣诞夜当天公司放了半天假，小莲逃一样跑回家，她需要用这一下午稳定下自己的情绪，她想在今天晚上就找机会向苏铭坦白自己的想法。小姨下班回家看到小莲躺在床上，吃了一惊，忙走过来摸摸小莲的额头，小莲笑着推开小姨的手说今天圣诞夜公司放假。小姨惊道：还有这么好的公司，洋节都放假。两人正聊着突然听到有人敲门，小姨出去应门，拿了一个巨大的盒子进来，把盒子小心放在桌上，疑惑地看着小莲，说："你的包裹。"

小莲也奇怪，没有人知道自己的地址，自己也从不网购，她拿了剪刀仔细剪开包装，边嘟囔着："不会是寄错了吧"。说完自己都觉得可笑，盒子上一笔一画写着自己的名字，怎么会是寄错了呢？

小莲打开盒子，小姨也凑过来看，是一件天蓝色的连衣裙，领口袖口精致地滚着蕾丝边，天鹅绒的质地，收腰，裙摆及膝，美丽的好像只有油画里才能看见。小姨问谁寄来的，小莲摇摇头，表示不清楚。她把裙子展开铺在床上，一张小巧的纸片掉落出来，小莲捡起来看，上面是清秀的字迹，这字迹是自己看过无数遍的：圣诞礼物，希望你能喜欢，苏铭。

“苏铭是谁？”小姨问。

小莲红了脸，小声说：“一个朋友。”

“好端端的送什么裙子？追你的男孩？”小姨不依不饶。小莲低着头不说话，小姨更觉得蹊跷，连忙说：“如果是不熟的人，还是把裙子还回去，平白无故送东西，小心他对你有所图……”

“知道了，我会还回去的。”小莲边敷衍着，边把小姨推出门，反锁了房门。小莲静静坐在这条裙子旁，凝视着它，抚摸着它的质地。天鹅绒的感触柔软得让人陶醉，小莲心里满满的，不知是甜蜜还是恐慌，她喜欢这条裙子，更是因为送这条裙子的人是自己喜欢的。但小莲知道自己不能要这条裙子，不管这条裙子上承载了多少苏铭的关爱和希望，她一定要把裙子还给苏铭。但小莲仍想试穿一下，让它陪自己度过几分钟。

换上裙子，小莲站在镜子前，小小吃惊了一下。这条裙子像是为自己量身订制的，如宝石一样明亮的颜色衬得小莲肤白若雪。那海藻般的长发如黑色的缎带，柔顺地垂在腰后，只化了淡妆的脸上增添了些许妩媚，镜子里的小莲像是公主，美丽的衣服能让人增添自信。那时小莲觉得，自己跟苏铭的太太比起来也并不是一无是处。

小莲不舍得脱，穿着裙子坐在椅子上胡思乱想，她坐得笔直，生怕把裙子压起褶，这条裙子带给小莲的不仅是幸福，也不仅是美好事物的憧憬，更是心里隐隐地要用自己的实力穿上这样美丽的衣服的决心。小莲开始想苏铭是怎么知道自己家具体地址的，她想到苏铭曾在楼下等着小莲屋里的灯亮起，一定是某天苏铭送小莲回家时，耐心地在楼下等，看到小莲在客厅里晃动的身影，自己再上楼看小莲家的门牌号……小莲就这样胡乱猜测，她不知道苏铭做了几次这样的实验，可幻想中的苏铭竟鲜活起来，连他等待时的表情，看手表的姿势，以及月光落在他身上的光晕都变得活灵活现。不觉天色变暗，小莲只得起身，小心翼翼脱下裙子叠好，重新放回盒子里，再套上自己之前穿的衣服走出房门，却看到小姨一脸严肃坐在客厅的沙发上。

“你一定要把裙子还回去。”小姨说。

小莲故作轻松地坐在小姨旁边，揽过小姨的肩，笑着说：“小姨放心，今晚我就把裙子还回去。”

小姨定定地看着小莲，低下头叹了口气，说：“我不想你和你母亲一样。”

小莲说小姨太大惊小怪了，自己并不是贪小便宜的人。没想到小姨竟激动起来：

“你还小，不懂，我看着你和你母亲越来越像，心里非常担心。你年轻有才华，模样比你妈年轻时还要好，可人不能走错一步。你妈妈年轻时多么风生水起，又会唱歌又会跳舞，人就不踏实了，心性儿高，再加上后来嫁错人，一辈子都活得这么痛苦，到头来你说说那些有什么用？过日子就要踏踏实实，平平淡淡，这比什么都强。小莲啊，你一定不能这样，我宁可你一辈子一事无成……”说着说着小姨哭了，眼泪顺着那张满是皱纹的脸流下来，小莲觉得心疼，她突然发现小姨老了。小姨年轻时虽不及母亲长得美，但也五官端正，岁月给她脸上刻下了无法抚平的印记，小莲知道不管自己今后挣多少钱，让小姨过上多么好的生活，这些印记也不会消失。

小莲抱着小姨，任凭她在自己怀里颤抖着。其实小姨说的这些话丝毫没有逻辑，小莲仔细琢磨，怎么想都觉得自己和母亲不是一类人，况且心性儿高就是错吗？可她理解小姨的恐惧和担心，母亲是最好的例子，这个女人被自己的美貌害了一生，想到这里，小莲把小姨抱得更紧。

直到看到小莲拿着盒子准备出门，小姨才放下心来，并反复叮嘱小莲早回家，如果同事非要喝酒，就随着喝一些，要不显得太不合群，但是一定不要喝多……小莲都耐心听着，回应着，直到走出楼门，小莲还仰着头冲客厅里望着自己的小姨招手，示意小姨别等自己了，困了就快点休息。

小莲去得晚，到了包间看到人已经到的差不多了，米菲兴奋地拉着小莲做到自己旁边。小莲看到米菲旁边坐着一个男孩子，圆圆的脸，肤色很白，一看就是个老实人，米菲介绍这是自己的男朋友林岩。米菲夸张地拽着林岩的胳膊对小莲说：我男朋友帅吧？小莲看着米菲一脸甜蜜，打心眼里为她高兴。边开着米菲的玩笑边把面前的饮料一饮而尽，其实心里还没平静下来。刚才舞池里震耳欲聋的音乐吓了小莲一跳，还有那些穿着暴露尽情扭动身体的姑娘们，小莲不知道这种地方有什么可玩的，米菲吃惊地看着小莲说：“小莲，没想到，你酒量可以啊！”

经米菲这么一嚷嚷，小莲才品出刚才饮料里酒精的味道，忙拿起杯子仔细研究，心里后悔万分，怪自己这么冒失，没问就把酒当成饮料全喝光了。米菲看出小莲的困惑，忙解释：“这是芝华士兑冰红茶，酒要慢慢喝，不过没关系，反正今天过节，过节就是要喝醉的嘛，哈哈。”这时林岩也起哄给小莲倒满了酒，拿起杯子：“我跟美女喝一杯，以后还要你多照顾我家傻丫头。”林岩一饮而尽，小莲也不好拒绝，边应付着米菲和林岩，边用眼睛偷瞄苏铭。苏铭穿了件灰色羊毛衫，黑色牛仔裤，休闲味儿十足的打扮，让苏铭看起来慵懒随性。苏铭个儿高，即便这样的装扮也是气场十足。此时苏铭坐在沙发上，不紧不慢地回应来敬酒的同事，Daniel 坐在他旁边。

小莲犹豫要不要过去敬酒，米菲摇摇头，咬牙切齿地说：“你看他那阿谀奉承的样儿，一看他就心烦，就让他乖乖坐在老板旁边，给老板舔脚去吧。”小莲知道米菲说的是 Daniel。

小莲没来时，苏铭心神不安地坐在沙发上，情不自禁地向门口张望，直到看见小莲，苏铭心里一块石头才落了地。他想过来和小莲说说话，却看见小莲和米菲林岩聊的很热闹，又有很多同事过来和自己聊天。直到聚会进入高潮，每个人都舍去礼貌开始狂欢的时候，苏铭才脱了身，端了酒朝小莲走来，对小莲说：“小莲，这杯我敬你，谢谢你对我的帮助。”说完苏铭不等小莲回应，仰头一饮而尽。在包间昏暗的灯光里，小莲看不清苏铭的眼睛，她机械地拿起杯子，也把杯子里的酒喝干，等回过神，苏铭已经回到自己的座位上了。小莲发呆了好久，搞不清刚才是幻觉还是苏铭真的来敬自己酒。

那晚米菲喝了无数的酒，抱着林岩开始说胡话，小莲也喝了不少，头晕晕的，她看见很多同事都喝多了，他们都在包间中间的小舞池里跳舞。在人影的晃动中，她依稀看到对面的苏铭和 Daniel，他们偶尔交谈几句，更多时候是端坐在那里小口地品酒，小莲觉得今晚是找不到机会和苏铭说话了。

聚会结束时，米菲吐了，小莲帮她和林岩拦了出租车，一同把烂醉如泥的米菲塞到出租车里。林岩跳上车，冲小莲笑了笑，说：“美女再见，注意安全。”小莲看着车开远，回过头来发现人群已散尽，只剩下苏铭站在那里。

小莲快步向前走，后面苏铭追了上来，拽住小莲的胳膊，唤着她的名字。小莲借着酒劲儿想甩掉苏铭，却被苏铭越来越用力的手攥得生疼。小莲只得停下，身子变的柔软，倒在苏铭怀里，头晕的感觉更加强烈，天与地都像跟小莲作对一样拼命地旋转，她感觉苏铭把自己扶进出租车，苏铭不停在自己耳边说：“傻孩子，喝那么多干什么。”

等小莲清醒过来，已经在苏铭家里了，酒没有完全醒，小莲努力睁开眼睛看着客厅的圣诞树，没有公司那棵大，却一样地耀眼。小莲起来想喝水，苏铭马上抱住她，小莲急了，她觉得这个屋子里到处都是苏铭太太的影子，那个美丽的女人好像就在这个房间的某个角落，抱着胳膊嘲笑似的看着自己。她使劲挣脱开苏铭，苏铭的吻却疾风暴雨一样袭来，小莲觉得很热，呼吸也变得急促，她任凭苏铭把自己像抱玩偶一样抱进卧室，解开衣服，苏铭的抚摸温柔细致，小莲看着这个男人的手，看着它在自己身上跳着舞，小莲闭上眼睛，她没有力气拒绝，她太累了。

那之后小莲哭了，并不是为了自己已失去处女之身，也不是为眼前这个男人一辈子都无法给自己幸福，她为一种含混不清的感觉而哭。好像自己的身体被掏空了一样，巨大的空虚和寂寞缠绕着自己，她认为这个时候哭是最好的解决办法。

苏铭在旁边不断叹气，不停地说着对不起。他说是他没有控制住自己，他太喜欢小莲了。不知怎的，小莲这时竟想起了母亲，这个想法让小莲吓了一跳。她开始想母亲那张美艳绝伦的脸，她想知道如果碰到这样的事母亲会怎么做，母亲也许会不紧不慢地穿上衣服，轻佻地笑着离开这里。可是小莲跟母亲不同，她明白自己在感情方面，软弱到除了哭什么都做不到。

等小莲从自己的幻想中离开，她扭头看向苏铭，这个男人满脸都是痛苦，和白天那个风度翩翩的大老板截然不同。苏铭不停地搓着手，像刑犯一样等待着小莲的判决，小莲心疼，她缓缓摸着苏铭的头发，说："我也喜欢你。"

小莲不用爱这个字，可她知道她已经爱上苏铭了，她觉得自己这样的感情卑微而可耻。她开始慢慢琢磨世俗与爱之间的关系，为什么爱情这样纯洁而宝贵的东西，却要因社会的规则而蒙上灰尘呢？小莲想不明白，但在自己内心深处，她认为自己做错了，却仍然控制不住对苏铭的爱，这种爱是汹涌的海水，足以淹没小莲的一切理智。

苏铭想让小莲住在这里，小莲坚决不同意，她把衣服还给苏铭，苏铭愣了半晌，默默收下衣服。小莲说："我没别的意思，小姨让我还给你，我再拿回去她要生气了。"苏铭这才舒展了眉头，笑了，像个孩子一样。

回到家里小姨已经睡下了，经过刚才的折腾小莲的酒也彻底醒了，她窝在床上想好好回忆下刚才的事情，并盘算下今后的日子，总之有太多难题等着她解决，可是身体却不听自己的使唤，小莲只得闭上眼睛，明天再想吧。

圣诞节当天是周六，这个城市飘了雪，小莲在床上磨蹭到中午才起床，站在窗户前看着外面白茫茫的一片，心里安详自在。她觉得小腹隐隐的痛，这种痛提醒着自己昨晚发生的一切都是真实的。

自己已经从一个女孩变成女人了，她刻意不去想让自己改变的这个男人是有家室的，其实想到苏铭，小莲心里多半是甜蜜。

电话响，小莲以为是苏铭，看屏幕却是个陌生的号码，小莲接了，对方是一个厚重却温和的男声："小莲你好，圣诞过得好吗？"

小莲疑惑，仔细想着是不是漏存了谁的电话号码，对方察觉，连忙解释着："我是李君生。"

李君生，小莲觉得这个名字耳熟，想了半天才想起是那个目中无人的李经理，他一定是从名片上得知了自己的电话，小莲不喜欢这个人，却不得不客气地说："不知李经理有何贵干？"

"是这样的，有件事想同你商量，不知今天是不是方便见一面？"李君生倒是彬彬有礼，小莲想到在会议室里这个人的冷漠和高傲，顿时心生厌恶，不客气地说："李经理能有什么事同我这个小文案商量呢？不如就在电话里说吧。"

"哈哈。"那边笑了起来，"够爽快，那我也就直说了，其实公司里空缺着一个文案的位置，不知莲小姐有没有兴趣，薪水好商量。"

小莲不知李君生葫芦里卖的什么药，先是竭尽全力否定自己，然后又试图挖自己跳槽，小莲说："谢谢李经理的好意，我暂时不打算换工作。"

"我觉得以莲小姐的能力，在那样的公司可惜了。"李君生仍不死心，"不如试试来我们这种世界500强的公司吧。"

"还是算了，我深知自己的能力，现在去500强不够格，以后有机会再说吧。"小莲敷衍了几句便匆匆挂了电话，心里觉得奇怪，上网百度了李君生的名字，结果让小莲惊讶，原来李君生是所属集团董事长的长子，30岁，是这个城市里知名的钻石王老五。小莲觉得李君生这个人有点意思，身世显赫却只当了个小小的市场部经理，这么说来，李君生的骄傲也是可以理解的了。

关了电脑小莲走出房门，看见小姨坐在沙发上织围巾，从小时候起，小姨就经常织围巾给小莲，小莲的柜子里已经积攒了厚厚的一摞，那些围巾针脚细密，围在脖子上像一团火。“还回去了？”小姨问。小莲点点头，对着小姨那双熟练的飞来舞去的手发呆，这时电话响了，是苏铭，“小莲，下来吧。”苏铭只一句话，小莲就飞快地穿好衣服走出房门，小姨问干吗去，小莲只甩出一句话：跟同事去打雪仗。便消失在楼道里。

小莲下楼，左找右找不见苏铭，小莲在小区里转了好几圈，沉浸在雪景里。她仰起头，让细小得像棉絮一样的雪花落在脸上，她感受着雪花接触到自己的皮肤，逐渐融化成冰水，冰水再顺着脸庞滑落下来，小莲觉得这些好像都是自己流的眼泪。这时她觉得有人在后面抱住了自己，她不说话也不转头，她听到后面这个人说：“小莲，我想你了。”

小莲也想苏铭，她昨晚的梦里全是苏铭，从醒来到现在思念就没有断过，现在眼睁睁看到了这个人，小莲觉得不真实。苏铭捧着小莲的脸吻她，苏铭的嘴唇冰凉柔软，仿佛有雪的味道，小莲沉浸在这个吻里，她觉得周围的雪都是为他俩而下。

苏铭像个孩子一样堆着雪人，小莲站在旁边看着，苏铭不时征求小莲的意见，鼻子是不是太大了，要不要帽子，小莲笑着，眼里有了雾气，她转身为苏铭找树枝做雪人的胳膊，却听到后面的苏铭大声对自己喊：

“小莲，我喜欢你，我们谈一场永远不会结束的恋爱吧，让我一直追求你吧。”

小莲没有回头，眼里的雾气逐渐变成水滴落下来，她没有想未来，未来对自己来说太过遥远，她也不去想过去，过去的点点滴滴只会让自己难过，她只在意现在，这个满是白色的现在，身后五米外的这个男人，他高大英俊，眼里有浓得化不开的温柔。小莲可以什么都不在意，因为她爱的只是这个男人，而不是他的身世，他的财富，他的家庭，小莲觉得这才是爱情，像水晶一样纯洁，却也如玻璃一样脆弱。

这样的爱情，一辈子有一次就够了，多了就变味，少了则乏味，只有这一次，哪怕只是几天，却足够人回味一辈子。

在苏铭的公司已经待了一年多，小莲的进步突飞猛进，连Andy都惊讶，也许是这份工作太适合小莲了，苏铭没有看走眼，双鱼座的小莲思维方式浪漫，没有约束。慢慢小莲已经开始负责许多大项目的创意，刚开始小莲心里打鼓，她觉得自己资历不够，却有时要指挥王东那样的资深设计师，Andy安慰小莲："只是分工不同而已，你擅长对于创意的把控，而他们擅长设计，如果让你做他们的工作你做不来，他们也一样。"

王东和米菲他们倒没有怨言，相反很配合小莲的工作，有些设计师不服气，但小莲温和又善解人意，喜欢听别人的意见，慢慢其他人也消除了对小莲的偏见。只有Daniel，这个人像块顽固不化的石头，平时沉默寡言，开会时却张扬跋扈，时时要和小莲作对。

小莲和苏铭像所有热恋中的情侣一样，一有时间就黏在一起，小姨以为小莲交了男朋友，语重心长地对小莲说："要是真合适，就带回家看看吧。"这是小莲心里的痛，她不厌其烦地对小姨解释："不是男朋友，只是要好的同事。"

这段关系中并不只是甜蜜，其实痛苦占了大半部分，这只有小莲知道，因为这段感情只能埋藏在心里，没有名分，没有未来。小莲和苏铭很默契地对彼此的未来闭口不谈，苏铭履行着自己的诺言，变着花样地讨小莲欢心，他做尽了恋爱中的男孩做的傻事，可越是这样，小莲就越是担心，她知道他们的感情比泡沫还要脆弱。

小莲没有想过未来，有段时间她甚至想就这样和苏铭过一辈子。这期间苏铭的太太又回来过一次，这次是带着孩子一起回来的，当苏太太领着那个活蹦乱跳的小女孩走进公司的时候，公司里炸了窝。所有人都在逗小女孩开心，只有小莲一人偷偷跑进卫生间，坐在马桶上默默流泪，她不知道自己还能坚持多久。

每当这时，小莲坚持不下去的时候，就把自己埋进工作里，她习惯看有关设计的书，她觉得那些美丽的设计真是上天的恩赐，更是因为这是苏铭一生的梦想。她知道自己没有办法与苏铭在一起，但却可以与苏铭的思想在一起，于是苏铭的梦想也变成了她的梦想，她下定决心做一个出色的广告人，坚定到最后，她已经忘了这个梦想是为了苏铭，还是为了自己。

那天 Andy 找小莲谈话，说公司想再设立一个创意总监的位置，虽然表面上与 Andy 职位相当，实际是辅助 Andy 工作，Andy 觉得小莲合适。小莲惊讶，Andy 笑笑说："不只我这么觉得，苏总也觉得你合适。"小莲虽有些受宠若惊，却仍旧很担心，Andy 说：

"小莲，职场就是这样，有能力的人会一直往上走，把后面的人甩得远远的，如果你念及与那些同事的情分而拒绝这个职位，那你就太傻了。"

小莲想想，觉得 Andy 说的有道理。Andy 又说："小莲，话都说到这儿了，那我们就聊聊天吧。你有才华，为什么不考虑到 4a 去？你在这有两年了，以前和你一样有才华的同事只待了一年就去

4a了，你还年轻，我觉得你应该多为自己的前途想想。”

小莲被Andy问的说不出话，憋半天憋出一句：“你为什么不去4a？”

Andy愣了，随后大笑了起来：“我嘛，苏铭这个公司刚成立我就来了，那时公司一共就3个人，待了这么久，我对这个公司的感情可比你深多了吧。再说我没有你年轻，小孩子容易跳槽，我们这种老年人就算了。”

小莲想到苏铭之前讲过自己的创业史，那么公司刚成立时在这里的另一个人一定就是苏铭的初恋女友吧。小莲又想到苏铭说Andy被自己的未婚妻骗尽财产的事，心里可怜Andy，语气上也柔和了许多：“谢谢Andy，你的提议我会考虑的，不过我需要一段时间。”

“哪个提议？”Andy问。

“两个提议都会考虑。”小莲冲Andy眨眨眼。

没几天，小莲要当创意总监的事情就在公司里被传得人尽皆知了，大多数同事都为小莲高兴，米菲和王东还缠着要小莲请吃饭。但小莲总觉得有些不对劲，并不是所有人都高兴，尤其是Daniel，那双冰冷的眼睛总是盯着小莲，好像要把小莲吃掉一样。小莲知道Daniel也想当创意总监，但不知怎的，小莲总觉得那双眼睛，那个眼神在哪里见过，思索半天，小莲恍然大悟。

那是一天晚上，苏铭拉着小莲在红宝石庄园里闲逛的时候，她也感到后面有这么一双眼睛盯着自己，她觉得黑暗中隐藏着一个人。对苏铭说了，苏铭只说小莲大惊小怪，小莲回头，那个人影却幽灵般消失在树丛后面，那天起小莲开始担心，这之前她从没想过自己和苏铭的关系被人发现会怎样。苏铭隐藏的很好，两人在公司也没有交集，小莲曾想这段关系也许会一直这样，盛开在激情中，消失在黑暗里。

苏太太要回国了，小莲是听米菲说的，“一年只有一半时间在国内住，还是要回美国的，因为她和小孩子都是美国国籍。”米菲强调道。小莲觉得浑身无力，一种无助感填满她的心底，同时她也生气苏铭没有和自己说。但是想想，苏铭从不和自己讲苏太太的事情，况且自己这个局外人，为什么要管人家的事呢。

那天回家小莲关了手机，没有开房间的灯，在黑暗中安静地落泪，她仔细想着这两年做了什么。和一个有妇之夫纠缠不清，只是为了一段看不见摸不着的爱情，她不知道自己为什么这样固执地坚持，她觉得自己可笑，也可悲，可她已经陷进去了。就像沉入海底的一块石头，她想了半天也找不到一个合适的解决办法，也许这段关系的开始就意味着悲剧。

小莲知道苏铭太太回国，就代表了自己没办法和苏铭再像以前一样，苏铭虽有能力，却只是个大男孩，他对喜欢的东西虽真诚，却只想着占为己有，况且苏铭不可能和自己的太太离婚，想到这里小莲吓了一跳。她觉得自己有这样的想法是可耻的，小莲下定决心，不管有多痛苦，也要想办法和苏铭划清界限，她绝不能破坏苏铭的家庭。

可是要怎么做呢，那些甜蜜是这么真实，痛苦也一样，痛苦有时和甜蜜一样让人放不下，这是小莲第一次爱的男人，也是让小莲看清自己才华和能力的男人。他在小莲心里是神一样的存在，没有任何瑕疵，就算和苏铭分开，苏铭也会是小莲这辈子的精神依托。

可是事情的进展往往超乎想象，小莲也明白了自己完全不可能和命运抗争。那天快下班的时候，苏太太来了，小莲有不好的预感，等人都走的差不多的时候，小莲也正准备走，却被苏太太招呼进了苏铭的办公室。小莲边往办公室走，边在想着苏太太的名字，之前听米菲说过，好像是莫燃。

小莲进了办公室，看见苏铭坐在沙发上，低着头，小莲想看清苏铭的表情，她闻到一股好闻的香味儿，莫燃身上的香味。莫燃此时正站在窗前，她一件紧身的毛衫，合身的紧身短裙，仍是那样耀眼的高跟鞋，头发剪的更短，显得人干练优雅。莫燃面对着那扇落地窗，小莲看着莫燃姣好的身形，突然她觉得头晕，呼吸急促，她找了个椅子坐下，在门口离苏铭很远的地方。

莫燃不说话，苏铭只是低着头不断叹气，空气像凝固了一样，紧张的令人窒息。小莲张了张口，却觉得口干舌燥，她凝视着自己旁边的洋酒柜，想着自己初次来这个办公室苏铭喝酒的样子，这好像是上辈子的事了。

“我都知道了。”莫燃说，声音好像从天花板上飘来，小莲觉得不真实，她仔细看着那个洋酒瓶子，胖胖的瓶身，里面是橙色的宝石一样晶莹的液体。那时的小莲并不惊讶，也不恐慌，只是淡淡地坐在那里，不言不语，她在等待着。她不是对这一切无所谓，也绝没有超脱到泰然自若的地步，她只是知道，这时候一切的抗争都是无用的，她从未觉得这样无力过，好像一个任人屠宰的羔羊。

莫燃转过身，小莲看见了莫燃的脸，仍是精致到无懈可击的妆容，丹凤眼像天边飘散的云彩，嘴唇厚的性感，这个女人虽远没有母亲的五官美丽，却足以用惊艳来形容。就在小莲看见莫燃的脸的那一刻，小莲就知道自己输了，但奇怪的是，莫燃脸上的表情没有愤怒，没有斥责，更没有嫌恶和鄙视，小莲想到莫燃处理公事时的样子，一定就是现在这样的表情，自己只不过是莫燃因疏忽而脱离了轨道的一个项目，把自己清除是莫燃的工作。

让小莲绝望的，是苏铭的沉默，这个男人此时是这么懦弱，懦弱到只能在一旁默默流泪，他没有对小莲说一句话，甚至连一个眼神都没有。他也在等待着，等待着自己妻子的判决，小莲心里有了怒火，那一切誓言，一切幸福，一切浓烈得像火一样的情感，现在在这个屋子里，已经轻而易举地被莫燃捻灭了。

“我不怪你。”莫燃看着小莲说，眼里仍没有任何责怪，只是像冰山一样的冷漠，似乎小莲这样的小角色根本不值得莫燃动怒，“但是请你离开我们的公司，远离苏铭，你还年轻，会找到更好的工作，也会找到更好的男人。”

小莲不说话，眼睛默默垂下来，莫燃继续说：“苏铭会按 5 个月的工资赔偿给你，请你下个礼拜就走吧，这件事我不会对公司里的任何人说。对外，我们会说你找到了更好的工作，毕竟在这样的公司，跳槽是件很正常的事。”

莫燃的语气不容置疑，小莲知道了事情的结果，但她仍在等待着，她在等着苏铭的一句话，她希望苏铭对自己说一句话，哪怕是一句你走吧。可是苏铭仍是那样坐在沙发上，姿势甚至都没变过，小莲看到了苏铭的眼泪，从刚开始就没有停止的眼泪，那眼泪里有对小莲的怜悯和心疼，还有对自己没有完成誓言的抱歉，也许还有一些爱，可是一切都结束了，那时小莲知道，誓言是世界上最不靠谱的东西。

曾经有个人对小莲说，自己会一直在小莲身边，可是这是一句世界上最不靠谱的话，小莲走出办公室，还在一直想着这句话。她不恨苏铭开除了自己，可是她想不明白，这句世界上最动听的情话，为什么是这样易碎。小莲看见 Daniel 站在自己面前，似笑非笑地看着自己，小莲也这样看着他，眼里是绝望的光，她知道了这一切都是 Daniel 告诉莫燃的。那晚红宝石庄园的人影就是 Daniel，小莲想问问 Daniel 为什么要这样，却始终没有说出口。

小莲开始收拾自己的东西，她没办法等到下周一，她想马上离开这里，她慢慢规整着自己的文件。就在这一刻，小莲还在希望着苏铭能够冲出来，告诉小莲这一切都不是真的，她想问问苏铭那个问题，为什么说的话要改变，可是苏铭办公室的门死死地关着。小莲想也许这是自己最后一次见这个男人了，苏铭低着头流泪的样子一直在小莲的脑子里，搅的小莲头晕目眩。小莲走出这栋大楼，一直都没有回头再看看它，后面没人追出来，小莲觉得自己像踩在棉花上，脑子里满是苏铭的眼泪，她抱着自己的东西，在地铁里肆意地流泪。

小莲不知自己怎么回到家的，到了家发现小姨还没回来，这正好能让自己好好哭一下，等小姨回来小莲必须要像以往一样无忧无虑，她不能让小姨担心。小莲蜷缩在沙发上，毫无顾忌地放声大哭，哭的浑身发抖，这是一种完全无法控制的难过和绝望，那些幸福的回忆，更是时不时跳出来和小莲作对，直到天色完全黑下来，却仍旧不见小姨踪影，小莲开始担心。

这时电话响起，是小姨，小莲马上接了，却是一个男人的声音：“您好，请问是吴秀女士的家属吗？”吴秀是小姨的名字，小莲连忙应了，问小姨出了什么事，那边说：“吴秀女士出了车祸，意外去世了，请尽快来一下吧，我们在 ×××× 医院。”

第十章

脆　弱

Who's to say we won't burn it out

Who's to say we wont sink in doubt

Who's to say that we won't fade today

Who are they anyway

谁说的话，我们不会燃烧

谁说的话，我们会在疑问中沉沦

谁说的话，我们今天就会失去光泽

他们是谁

那年的冬天格外的冷，更冷的是小莲的心，又是圣诞节，小莲把自己关在屋里，独自喝了一瓶红酒，最后趴在马桶上吐得一塌糊涂。小莲边吐边失声痛哭，她不知道人到底有多少眼泪可以流，那些泪水掺进呕吐物里，被小莲通通冲了下去，小莲给自己倒了杯热水，不再吐了，却仍然止不住地流泪。

那天在医院里，小莲看见小姨的尸体上盖着白布，小姨被那些人推着，小莲机械地跟着那些人一起走，她不知道要去哪儿，轻声喊着小姨，最后被母亲拉住。她看见母亲也流泪了，老了许多，更比以前瘦，从头到脚都是名牌，小莲知道母亲活得很好。那时小莲心里开始恨，恨的种子一旦埋下就不受控制般地疯狂长大，小莲死死盯着母亲，就像这个人是自己的宿敌一样，母亲犹豫了，小声说："莲，跟我回家吧。"小莲一句话没说，扭头走开，出了医院，留下母亲在身后不断叹气。

小莲并没有表面上那样铁石心肠，但那些绝望已经把她包围了，她想着如果那天母亲追出医院，执意让小莲和自己回家会怎样，为什么所有人都在最开始给了自己希望，生命或爱，最后却都抛弃了自己，甚至在她离开的时候，都没有人拉回自己。

小莲不再住小姨的房子，这个屋子里满是痛苦的回忆，最开始的几天，她总是看见小姨就在屋子里，她觉得自己要崩溃了，于是她把钥匙交给母亲。见母亲那天小莲仍是那样决绝，送了钥匙就离开了，一句话都没有说，母亲没有强求，她知道眼前这个女孩子太像年轻时的自己了，固执，坚硬，只要做了决定，就一定不会变。

可母亲不知道小莲过着怎样的日子，她不知道苏铭的事，也更不知道苏铭和小姨的离开给了小莲怎样的打击。那两年卖命的工作让小莲攒下了些钱，她到城区里租了个小开间，终日躲在那里面，不管再怎样，她只是个20多岁的女孩子，她远没有能力承受这些。

小莲开始酗酒，开始混夜店，她从不知道酒精是这么好的东西，可以让人麻醉，让人忘掉一切。小莲结识了一帮酒友，一有酒局他们就会叫上小莲，不用小莲掏一分钱。小莲知道是因为自己漂亮，叫过去也是做个陪衬，可是小莲从不和那些男孩儿回家，这是小莲的底线。为了苏铭，小莲固执地要把自己的纯洁留给这个夺走她第一次的男人，尽管这个男人已经消失在天边了。

小莲没有去找工作，全身心沉浸在这个城市的夜色中，在她眼里，城市变了模样，多少人在这里奋斗，也在这里醉生梦死。他们没有缘由，又或者每个人都有着和她一样的苦衷，她无法从这样的伤痛里走出来，除了每天重复般的醉酒，她找不到自己能做的事情。

小莲思念苏铭，她想着如果这时苏铭在她也许会好过一些，可是苏铭是给她第一刀的人。小莲这样的行为充满报复性，仇恨的种子在心里日益长大，直至不受自己控制，小莲不知道自己这样做能做给谁看，也许只能做给这个城市看。

又是歌舞升平的一晚，小莲醉醺醺地走出夜店，却迎上一辆银灰色的宾利，车窗摇下一个男人探出头来，五官端正，浓眉大眼。小莲觉得眼熟，仔细回忆发现这个人是李君生，李君生说："莲小姐，一个人吗？我送你回去吧。"

小莲喝多了，拉开车门跳进李君生的车，李君生摇摇头，夸张地用手扇了扇说："这么大酒气，喝了多少酒啊。"

"要你管。"小莲扔下这句话便靠在座位上闭上眼睛，听着李君生自顾自地说："莲小姐，我听说你从公司辞职了？为什么？找到新的工作了吗？今晚喝这么多酒，怕是出了什么事了吧。"

小莲觉得心烦，对李君生说了家的位置，扔下一句话："别叫我莲小姐，我叫小莲。"便不再开口。

到了小莲家，李君生执意要送小莲上楼，他的借口是小莲喝太多了，必须要看小莲睡着了再走。小莲看到李君生的眼神，心生厌恶，她觉得那双眼睛和酒吧里那些轻浮男孩的眼睛没两样，甚至有一瞬间，她觉得李君生就是那些人，那些在酒吧里想尽办法占自己便宜的人。她之前懵懂，不明白男人为什么对性爱这么感兴趣，现在虽尝过男女之事，却仍不明白原因，但现在的她知道了这种充满爱欲的眼神是自己最讨厌的。那时她产生了可怕的想法，她认为苏铭也只是贪图自己的肉体而已。一种强烈的怒火从心底升起，直到淹没了小莲的一切理智，她气得浑身颤抖，同时也绝望的无以复加。小莲进了门便一下子脱掉上衣，洁白如玉的身体晃悠在李君生面前，小莲说："来吧，这不就是你们想要的吗？"

李君生愣住了，他捡起小莲甩在地上的衣服，扔在小莲身边，说："莲小姐，你这是做什么，我不是那样的人。"

"别装了！"小莲悲愤地吼道，"只不过是一具躯体，有必要吗，你想要，今晚就是你的了，今晚过后不要再纠缠我。"说着小莲哭了，这时她悲哀地想到自己其实没有想象的那样坚强。

李君生收起了刚才嬉笑的样子，严肃地看着小莲说："莲小姐，我不知道你经历了什么，但是生活总要继续，请你坚强起来。另外不是所有男人都贪图你的肉体，我身边的美女太多了，说实话跟她们比你真的算不上什么，所以我对你的肉体不感兴趣。请你自重吧，不要毁坏我对你的印象。我走了，你好好睡觉吧。"李君生说完便离开了，留下小莲独自发呆。

第二天小莲醒来觉得头痛欲裂，她仔细回忆着昨晚的细节，想到李君生，她觉得后悔，自己就那样面对一个不熟悉的男人把衣服脱掉，她感到害怕。这不是小莲，这是一个连自己都觉得陌生的放荡女人。小莲躺在床上缩成一团，开始漫无目的地想，从与苏铭的相识到相爱，再到后来的分道扬镳，包括小姨，以前那个家的种种，小莲哭起来。她想要一个怀抱，她想到了母亲，想起母亲曾经给过自己的零星的温暖，小莲不想再去找母亲，更不敢，她怕遭到同样冷漠的对待。小莲觉得自己就在悬崖的边缘，任何一个哪怕轻轻的一击都能置她于死地。

小莲胡思乱想着，天色也暗了下来，小莲不开灯，也不起来吃东西，这时电话响，小莲看到李君生三个字，她拿着电话愣了半天，最终还是接了。

“小莲，在干吗？好点了没？”李君生的声音听起来富有朝气，小莲也感觉好了很多，元气渐渐恢复了。

“躺着呢。”小莲答。

“吃东西了没？”

“没有。”

“我买点吃的带过去给你吧。”

“不用了……真不用。”

“半个小时后到。”

李君生还是那么霸道，小莲这样想着，不觉心情好了很多。突然小莲想到李君生昨晚说过的话，又顿时心生疑惑，不知为什么李君生明说了对自己没兴趣的话却又要给自己送晚餐，小莲简单，搞不懂李君生这样的人心里想的是什么。小莲决定不想了，跟李君生做个朋友也好。

李君生进门时带进了外面的寒意，那初春夜空的味道与李君生身上的香水味混杂在一起，让小莲神清气爽了很多，她深吸着气，似乎闻到了青草与丁香花的香味。李君生进了屋一屁股坐在沙发上，把装有盒饭的口袋解开对小莲说：“快吃吧。”

一天都没吃饭，小莲才觉得饿了，她拿起筷子狼吞虎咽地吃了起来，吃到一半小莲才觉得李君生一直盯着自己看。她放下筷子，认真地看着李君生的眼睛，这次换李君生被看的不好意思，慌忙低下头对小莲说："怎么？不好吃吗？"

小莲看着李君生紧张的模样，觉得这个冷漠高傲的人原来也有这么可爱的一面，小莲索性收起饭盒，认真地问李君生："喂，你不是说对我不感兴趣吗，为什么今天又来给我送饭？"

李君生似乎早料到小莲会这么问，他跷起腿，似笑非笑地看着小莲说："你记错了，我是对你的肉体不感兴趣，但我对你这个人感兴趣。"

从刚才李君生一进门，小莲心情就大好，跟李君生逗了几句，小莲更来了精神，不甘示弱地回："那你说说，我到底哪儿让你感兴趣了？你可别把我当稀有动物看啊，以后来我家要买门票的。"说完小莲哈哈大笑起来，直到笑的肚子疼，躺在沙发上喘粗气。李君生看着小莲，眼睛里全是温柔，他说："小莲，多笑笑吧，你笑起来特别好看。"

那时候小莲心动了，经历了之前那些事，小莲觉得冷到了骨头里，可是现在一个活生生的人坐在这儿，这样温柔，这样实在，小莲觉得自己冰冻的心融化了一点。也许本就没有冻得很厉害，也许不是李君生，任何一个人都能让小莲融化，让小莲依赖。后来小莲想这更多的可能是感动，从那一盒热腾腾的饭菜开始，小莲已经不把李君生当外人了。

那晚李君生一直在陪小莲聊天，天南海北地聊。小莲知道了李君生海外留学归来，父亲给了他集团里一个很高的职位，他不同意，坚持从底层做起，后来慢慢做到经理的位置。李君生说他不想给人纨绔子弟的印象，自己继承父亲的集团是早晚的事，但现在先深入群众，以后才能做一个好老板。

让小莲感到舒服的，是李君生从不问小莲经历了什么，也不问小莲为什么离开苏铭的公司，就像李君生全部了解一样。但小莲想想不对，这些事连自己最好的朋友米菲他们都不知道，李君生更无从得知。小莲认为那是李君生身上那种与生俱来的优越感造成的，本就不是一个高度的人，世界上那么多沧桑与无奈，小莲这点事根本不算什么。

从那天起，李君生经常来小莲家，什么都不做只是跟小莲聊天。小莲不怎么去酒吧了，但也不去找工作，她白天在家胡思乱想或写点东西，夜幕降临就专心致志地等李君生来。李君生几乎每天都来，不来的时候也会给小莲发个短信。李君生从来不过夜，两人也从未有过身体的接触，但小莲知道李君生是喜欢自己的。恍惚间小莲觉得，李君生是那个可以依赖的人，是永远不会离开她的，可是小莲马上就否认了自己，小莲已经害怕付出了。

跟李君生接触久了，小莲才发觉其实李君生很幽默，有时候很孩子气，他们有时贫一晚上谁都不忍睡觉，第二天凌晨小莲沉沉睡去，李君生顶着浓重的黑眼圈去上班。李君生和苏铭是完全不同的两类人，苏铭看起来简单，其实内心有很沉重的负担，小莲对苏铭更多的是敬仰和爱慕；而李君生看起来成熟高傲，其实心地单纯，小莲和李君生在一起觉得很舒服，好像两个人在一起聊天，就不用考虑明天。

那天李君生问小莲："莲，这么久了，你应该考虑找工作了吧。"

小莲不说话了，其实心里有很多顾虑，她怕回到那种朝九晚五的生活模式中，因为那是苏铭带自己进入的生活，她怕想起苏铭。这时李君生突然说："其实我什么都知道，该放下的，就放下吧。"

"你怎么知道啊？"小莲惊讶。

“你可能都忘了。”李君生低下头，“那次你喝多了，我扶你上楼梯，你喊了苏铭的名字，那时我就已经猜了个大概，只是你不说，我就装不知道。”

苏铭……这个名字太熟悉了，小莲忘了自己有多久没有叫这个名字了，一时间小莲泪如雨下，她转过头无声地落泪，她不想让李君生看到自己的眼泪。

李君生继续说：“其实这种事情没有对与错，我更没有看不起你的意思，只不过人生有起有落，你不能这样不停地伤害自己，要振作起来……”

李君生的语气轻松，甚至还有些说教的味道，小莲更觉得委屈，李君生这样高高在上的公子哥怎能理解自己的痛苦呢。小莲突然对李君生喊着：“你根本什么都不懂！不仅是苏铭，就连我的亲人……我的小姨也离开我了，他们全都抛弃我了，那些曾说要陪我一辈子的人。我知道到最后你也会离开我的。”

小莲哭了，肩膀一抖一抖的，李君生没有过来抱住小莲，他只是蹲在床边，无比温柔地说：“相信承诺的人都是傻子，这世上有那么多的事与愿违，你不能依靠曾经的美好活着，那些都是假象。最后你会知道，你需要的人只是你自己，你要坚强起来。至于我，我不会给你什么承诺，因为我怕我做不到，我现在唯一能做的，就是你难过的时候我会逗你开心，你开心的话我会让你更开心。”

“你不会也成家了吧？”小莲抹干眼泪，警觉地问到。

李君生笑起来：“要让你失望了，我不仅没成家，连女朋友都没有。”

“你为什么没女朋友？”小莲不再哭，笑了笑问。

“可能是我太帅了，她们见到我都自愧不如，只有你这种二百五才敢接近我。”李君生挑起眉毛，做出一副不可一世的样子，小莲被他逗笑了。小莲仔细想，李君生确实是这样给了自己很多欢乐，她想到如果没有李君生，也许现在自己已经在房间里割腕自杀了。

关于李君生说要找工作的事，小莲也想了很久，觉得自己确实不能这样混下去了。虽然李君生经常带自己吃饭，自己也有一些积蓄，但毕竟不是长久之计。小莲想到李君生的公司，想跟李君生商量一下，可是拨了李君生的电话，李君生却关机。

小莲愣住了，这是从未有过的事情，她看看表，已经晚上7点。小莲想李君生不会出什么事了吧，一种不祥的感觉向小莲袭来。小莲一直拨李君生的电话，电话里却一直是那句冷冰冰的“您好，您拨打的用户已关机。”

就这样过了3天，李君生的电话一直关机，小莲已经不知道恐惧是什么滋味了。她想不通，她觉得李君生不至于躲着自己，那么到底是怎么回事呢？小莲想起小姨，想起小姨离去那晚自己的绝望，她不敢再想下去。

小莲想去找李君生，可是不知道李君生的住址，她才发现自己根本就不了解李君生。小莲想到李君生的公司，从网上应该很方便就能查到地址吧，可是这样贸然前往，也许会引起李君生的反感。就这样想着想着，小莲竟穿好衣服走出家门，浑然不觉夜已深了。

小莲出门时只拿了手机和家门钥匙，她不知道自己该往哪儿去，只是沿着街道漫无目的地向前走着，好像这是一个仪式，是为了追寻一些已逝去的东西的仪式。小莲觉得这个仪式漫长而无奈，明知遥遥无期，却仍旧机械地重复着，好像在完成自己一个心愿一样。她的大脑混乱得要命，思绪就像这条街道那样漫长。慢慢她开始不知道自己在做什么，在哪里，不知道周围是什么样的景象，只是一直往前走。她想过马路，到街道的另一边看看，突然她觉得眼前一片敞亮，好像在冗长的黑暗中得到了光明的指引，她睁大眼睛想看清光的来源，却听到刺耳的鸣笛声。等小莲反应过来，自己已被撞飞，好像一条抛物线一样在空中滑过，最终的命运却是重重地摔在地上。她看到自己的裤子上有血，视觉的刺激从来比感官要来得早，过了很久，她才觉得撕心裂肺的疼。

出车祸了，这是小莲的第一反应，等她回过神来，却发现那辆车已经开远了，剩下她一人瘫在马路上。她摸摸自己的腿，仿佛不是自己的，她挣扎着爬到马路边上，试图站起来却不成功，她在马路牙子上趴了很久。周边没有一个人更没有一辆车，她在想自己是不是已经是灵魂了，她拿出手机翻着通讯录，在母亲的名字那停了一下，最终略过，拨通了米菲的电话。

米菲赶到医院，看见小莲可怜巴巴地躺在床上，腿被架得老高。米菲一下子哭起来，埋怨小莲怎么早不跟自己说，小莲说自己当时也蒙了，在路边等了半天等到一辆车，司机师傅好心才把自己送到医院，要不自己可能就要在马路边上躺到天亮了。

“你现在怎么样了？疼嘛？”米菲容易激动，抹了好一阵子眼泪才稳定下来。

“现在没事了，还好就是骨折，内脏没出什么问题。”小莲努力挤出一个笑。

“小莲，你为什么不跟我联系。”米菲又哭了起来，“我知道你的事……其实公司都知道了，我知道你受了很多的苦，但是我不会对你有偏见的啊。你可以向我倒苦水，可是你每次都是这样，自己默默忍着……”

“傻丫头。”小莲摸摸米菲的头，心疼地说，“没事了，都已经过去了。”

后来小莲使劲回想自己被撞飞时的感受，自己在想什么，有没有想自己的亲人和爱人，可是那一瞬间像被格式化了一样，好像是生者与死神瞬间的沟通，既然已经选择了生存，那么那个与死亡的临界点也自动被抹去了。她想知道小姨在那一刹那到底在想什么，肯定是在担心自己，想到这里，小莲的心像撕裂了一样的疼，她现在还没有能力好好弄明白这些事。

米菲帮小莲垫了医药费，小莲不好意思，看来自己必须要马上工作了。米菲表示小莲不用担心，这钱还不还都无所谓，只要小莲安心养病就好。

过了几天小莲出院了，腿上绑了石膏，架着双拐，成了名副其实的“残疾人”。米菲晚上过来照顾小莲，这让小莲觉得欠米菲的越来越多，小莲开玩笑地对米菲说你真是交友不慎，摊上我这么一个大麻烦。米菲倒是开心了，眉飞色舞地说：“是啊，谁让我愿意把你当朋友的，我倒霉呗。”

小莲从不让米菲留宿，她担心林岩会有意见，米菲争不过小莲，只能看着小莲换了药吃了饭就乖乖离开。其实米菲不知道在自己离开的每个夜晚，小莲天天哭，身体的疼痛和心灵的孤独折磨着小莲。想着仍然联系不到的李君生，小莲更觉得难过，她已经不会恨了，这些挫折把小莲的棱角磨平了一大半，她只希望自己快点好起来，马上去工作。

那天米菲刚走，小莲就听到敲门声，小莲觉得是米菲忘拿东西了，拄着拐去开门，却看到了站在门口的李君生。李君生见到小莲的样子，又惊讶又心疼，小莲想把李君生关在门外，却被李君生一把抱了起来。

小莲不停地哭，一会儿骂李君生，埋怨着李君生的消失，一会儿又让李君生赶快走开，她再也不想见他了，李君生不停地解释："对不起小莲，我真不是有意躲着你，临时有急事出国了，当时手机欠费联系不到你，又急着赶飞机，我不是没有尝试过联系你，我给你在网上留了很多言，只是你一直没有上网……"

小莲不信，拿起手机登上聊天工具，李君生10多日来的所有留言一下子拥了过来，小莲逐条看，慢慢止住了哭声，她抱着手机呆呆地看着李君生，眼里有埋怨，更多的是依赖。李君生被这样的眼神打动了，他情不自禁地握住小莲的手，低声说着话，每字每句却是那样的坚定。

"小莲，你记住，我绝对不会做以前那些伤害过你的人们对你做的事，我不会莫名其妙地消失，我没有家室，更不会以这个为借口赶你走，我跟他们不同，我不会离开你，我一直都在。"

我会一直都在，小莲想起了这句话，之前她把它忘了，是有意忘记的。小莲觉得好像在千百年前，也有个人饱含深情地对自己说了这样的语句，那个人最后选择了以最残忍的方式离开自己，小莲却无法恨这句话，这是小莲一生的信仰。

那晚李君生就睡在了小莲旁边，小莲感到从未有过的安全，好像整个世界都是自己的了，从那晚开始，小莲心底的伤在慢慢痊愈。

李君生不再上班，留在小莲家照顾小莲，小莲焦急地问：那工作怎么办？李君生坏笑着："我可是集团的董事长的大少，之前太循规蹈矩了，我也该好好享受一下我与生俱来的优势了。”

米菲第二天来看到李君生在，什么也没说做了个鬼脸就走了，从此米菲不再来，李君生让小莲住到自己的家里，宽敞，对小莲的恢复有好处，小莲却不肯，说自己习惯了这个住处，等病好了再去李君生家里看看吧。

第十一章

执　拗

Why do I have to fly over
every town up and down the line
I'll die in the clouds above
and you that I pretend I do not love
我为什么要飞翔在天空
所有村落城区都在我脚下
我会在云层中死去
还有那个我假装不爱的人

小莲慢慢痊愈了，已经能下地走路，跟李君生住在一起的这些日子，小莲的心情也好了很多，那些痛忘了大半。小莲惊叹人的愈合能力，再想那些伤，恍如隔世一样，仿佛都不是自己经历的了。小莲知道这些都是因为李君生，小莲对李君生心存感激，但她从没想过自己是不是已经爱上李君生了。

既然已经好了，小莲盘算着找工作，她问李君生的意见，李君生说小莲来自己的公司工作当然好，但是还是要看小莲自己到底要什么。

小莲想到了广告，那是苏铭带自己进入的领域，就在那一刻，创意带给小莲的快感全部回来了。小莲差点忘了这些快乐，还有自己暗暗做的决定，要做一个让苏铭也另眼相看的广告人，不管发生过什么，莫忘初衷才是最重要的。

小莲对李君生说想去其他广告公司应聘，李君生表示赞成，并提议小莲试试 4a 公司，小莲想起 Andy 也曾对自己有这样的提议。可 4a 公司是广告创意界顶尖的国际化公司，小莲不知道自己有没有这个实力，李君生眨眨眼说："不试试怎么知道呢？"

接下来的几天小莲忙着准备简历，她不知道该怎么投简历，只好在网上查 4a 公司的网站，给那上面人才招聘的邮箱投。小莲资历浅，在广告公司只做了两年，她看到网上的招聘大都是：广告公司工作经验 3—5 年，有 4a 公司工作经验者优先。小莲心里打鼓，果然过了一个多星期还没有消息，小莲问李君生，李君生说找工作哪是那么容易，再多投几家公司吧。

小莲想到 Andy，自从自己离职后就没有再和他们联系，小莲走得莫名其妙。连正常离职员工的离职饭都没吃，小莲不知道 Andy 会怎么想自己，可是现在找工作重要，小莲还是硬着头皮给 Andy 打了电话。

Andy 接到小莲的电话并不怎么惊讶，好像早知道小莲会打来，Andy 对于小莲的离职表现得很淡然，好像看惯了这些事，这下换小莲不好意思。Andy 问小莲这些月怎么不找工作，小莲说想歇歇。Andy 说："也是，那阵子你那么累，是该歇歇了，走的好，在这公司也没什么发展。"

小莲想起要问正事，连忙跟Andy说："对了，我想去4a公司试试，可是投了几家公司都没回信，你说是不是我经验不行，还是我先去应聘一下国内的广告公司？"

Andy说："小莲你不知道，每天往4a公司投简历的人太多了，他们根本不会看到你的简历。这样吧，你把简历给我，我帮你推荐一下，起码可以争取到一个不错的面试机会。"

小莲心存感激，连忙向Andy道谢，挂了电话小莲就给Andy发了简历。Andy说到做到，没过几天，就有两家4a公司给小莲发了面试通知。小莲连忙上网查，这两家公司一个叫g&g，一个叫rl，都是业内有名的4a广告公司，是多少广告人的梦想。小莲先去g&g面试，那天她早早起来，穿了职业装，认真地打扮了一下，走前李君生握着小莲的手，说："加油小莲。"

小莲到了g&g，发现这里的感觉和苏铭的公司完全不一样，这里的员工比苏铭公司的还要忙，还要干练，每个人都有种优越感，却也让人觉得陌生和隔膜。苏铭公司里的人让小莲觉得亲切，觉得跟他们很容易就成为朋友，可这里的人们虽然都笑脸相迎，但总让人觉得这笑是装出来的。小莲被HR带到会议室，HR几句话就把小莲问的哑口无言，只是围绕小莲那只有两年的工作经验。小莲留意到HR根本没有认真看自己的简历，更不可能认真看自己之前做过的文案和创意，小莲想难道工作经验就这么重要吗？

聊了不到5分钟，HR就以不合适为理由把小莲请了出去，小莲被拒绝，心情坏的无以复加。李君生带小莲出来吃饭，看到小莲垂头丧气的，知道小莲面试结果不理想。李君生不忍心问，只是不住地安慰小莲：不是还有一家公司呢吗，再说就算这两个都不行，还可以找别的，世界上又不是只有这么几家公司。

经历了上次面试的失败，小莲仔细琢磨，左想右想都觉得自己有进4A公司的潜力，不能让那些摸不着看不见的工作经验成为自己的绊脚石。小莲虽然知道这个社会看重的就是这个，但她不服输，一旦失败她心里那股执拗的执着就被激发了出来，小莲相信事在人为，况且自己聪明好学，一定有办法打动HR得到一次工作机会。

去rl面试的时候，小莲抱着置之死地而后生的心态，给小莲初面的HR是个活泼可爱的小姑娘，做事倒认真负责，仔细看了小莲的简历后很欣赏小莲的才华。聊了一会儿工作后就开始和小莲拉家常，两人聊得很投机。那个小姑娘说："我觉得你挺好的，但我说话不算数，我给你约我们主管给你二面吧。悄悄告诉你，那人特别冷酷无情，你只要顺着他说，让他高兴就好。"

过了两天，小莲接到去RL二面的通知，前台的小姑娘带小莲到会议室等了很久也不见人来。小莲心里有点慌，想给李君生发个短信，但又怕打扰他工作。这时进来一个女人，看起来30岁左右，短发，满脸的精明和干练，她不像公司里其他人那样穿着套装，而是随意地穿一身运动服，体型微胖。女人一进来就对小莲说："我是这里的创意群总监Kris，你叫我K姐就好，人事主管Jim出差了，我们这边又急着用人，所以我来给你面试吧。"

小莲听苏铭讲过创意群总监是比创意总监还要高的职位，小莲连忙笑着说："K姐好，我叫小莲，请多指教。"

Kris随便扫了一下小莲的简历，便说："你很年轻嘛，才工作了两年？"

小莲早有准备，说："是的，我知道自己工作经验不足，但我很喜欢广告这个行业，我认为广告是需要年轻的创意和激情的，不应受工作经验的阻碍。相反我倒觉得不多的工作经验是优势，因为工作状态还没定型，可以吸收和学习更多的知识，希望K姐仔细看我的创意和文案，如果K姐觉得麻烦，我可以给K姐讲解。”

Kris睁大眼睛看了小莲半天，然后便开始大笑，她索性把小莲的简历放在一边，跟小莲聊起了天：“那你说说，你对广告创意这个东西是怎么看的？”

小莲说：“我认为一切的创意，都是从人出发的，关注人本身，而不是把重点放在绚烂的技术和天马行空的想象，才能引起人们的共鸣。不管多么恢宏的创意，都应该从生活中的小事获得灵感，把创意融入生活，或者生活本身就是创意，我之前曾经想过一个创意。”小莲翻开自己的简历，她把之前咖啡馆和服装品牌的创意画成了图片，以便人更好地理解。小莲边指着画稿边向kris说明，kris一直在微笑，有时点点头，有时又笑着摇摇头，弄的小莲一头雾水。等小莲阐述完kris问：“那么这个创意卖出去了吗？”

小莲愣住了，自己之前想了无数个面试的问题与答案，却从没想过如何回答这个问题，kris看小莲不说话，仍旧微笑着说：“是客户不喜欢？”

小莲支支吾吾地说：“客户很喜欢，不过……”小莲不知该不该和kris讲这件事，她虽然思维灵活，却一点心机都没有，小莲不知道讲了这件事会不会对这次面试造成不好的影响。她在心里分析这件事，同时悔恨自己之前应该问问李君生，李君生一定比自己更了解这些商业规则。

“不过什么？”kris不依不饶，有种不得到答案不罢休的架势，小莲被逼的不行，心一横，咬着牙决定说出实情：“是我说服老板不要把这个创意卖出去。”

“哦？为什么？”kris一下来了兴趣，应该说一开始kris就对小莲充满了好奇，只不过这下kris更把全部心思和精力放在了知道这件事的来龙去脉上。小莲想反正都说到这个地步了，大不了又被请出去，世界上又不是只有这几家公司，小莲想起李君生的话。

“当时咖啡馆的客户很喜欢这个方案，可是后来那个咖啡馆的产品出了问题，我不想把自己的创意卖给一个没有质量保障的品牌，我觉得这是不负责任的……”

小莲还没说完，kris又大笑了起来，边笑边说：“原来是这样啊，我就说嘛，这个创意很好，不要这个创意的客户是傻子。”

小莲松了一口气，看来这件事并没有造成什么不好的影响。等kris止住了笑，认真地看着小莲说：“最后一个问题，让我满意我就要你了，你为什么这么喜欢广告？”

又是一个小莲从未想过的问题，直到现在小莲也觉得自己幼稚，这种经常在面试中出现的问题居然都没有想过。小莲觉得喜欢广告是件顺理成章的事情，根本无须过多的思考，最开始是因为苏铭喜欢，苏铭的梦想便是自己的梦想，现在到底为什么喜欢，小莲也不知道，好像喜欢广告已经成了一种习惯，人怎么能够那么透彻地分析一件已成习惯的事情呢。

小莲只得实话实说：“抱歉，我从未想过这个问题，就是喜欢了，并且会一直喜欢，喜欢一件东西怎么有原因呢，就像你喜欢一个人，也是没有原因的……”

不出所料的，小莲的回答又招致kris一顿爆笑，kris问：“那你喜欢一个人，也会一直喜欢吗？”

小莲红了脸，她想到苏铭，过了这些时日，再加上李君生的陪伴，感情淡了，但确实不是不喜欢了。这么多天来自己从没好好想过这个问题，对苏铭的感情会持续多久，也许是一辈子，苏铭好像是一个符号，样子模糊了，但感觉依旧在。想到这里小莲开始心疼，这段爱恋被迫画上句号，她却没有好好为之哀悼一下。

Kris 说：“好了，不难为你了，我这几天跟公司里的人开个会，不出意外下周就给你下 offer 吧，我们这边急着用人，就不走那些形式化的东西了。”

“不用再见人事主管了吗？”小莲问。

“我说了算。”kris 眨眨眼。

小莲有点不太敢相信，这么简单就找了个工作，并且这面试让小莲觉得莫名其妙。小莲从 rl 出来，才是中午，现在已是春天，阳光明媚得耀眼，路边长了嫩芽的树也清新可爱。小莲不想这么快回家，就在路边溜达着想着心事，她边慢慢走着，边欣赏着路边的桃树。小莲想起红宝石庄园的丁香花，突然一阵掺着清丽花香的难过从心底涌出，小莲想也许这辈子都不会再去红宝石庄园了。其实在小莲的梦里，红宝石庄园曾无数次出现，还有那棵小莲魂牵梦绕的丁香树，只不过李君生不知道这些。突然一阵香味儿飘来，小莲觉得恍惚，这香味是这么熟悉，是丁香的味道吗？小莲抬起头，看见前方冲着小莲微笑的莫燃。

小莲自觉亏欠莫燃，不敢看莫燃的眼睛，莫燃却大方地拉过小莲的手说：“小莲，太巧了，真没想到会在这儿碰到你，我们找个地方坐坐吧，我有很多话想跟你说。”

安静的咖啡馆，莫燃坐在对面，小口地啜着咖啡，并不说话。小莲也不好意思说，偷偷地看着莫燃，发现莫燃比自己想象的要年轻，感觉也没那么强势了，毕竟莫燃才30岁，不管她再怎么伪装自己，也只是个脆弱没有安全感的女人。莫燃今天穿的很休闲，一件驼色套头线衫，妆容淡雅精致。小莲发现桌上被莫燃撇在一旁的糖包，想起了苏铭也有喝咖啡不放糖的习惯。很久两人都不说话，莫燃看着窗外，小莲摆弄着手中的咖啡杯，直到一杯咖啡快喝完，莫燃才开了口："小莲，你知道吗？我前阵子就非常想见你。"

小莲无语，她感觉莫燃今天并没有刁难自己的意思，她想着今天一定要向莫燃道歉，虽然自己的道歉也许一文不值，但这是小莲的心结。

莫燃继续说："不管你相不相信，我其实并不讨厌你，我甚至……有点嫉妒你。"

小莲惊讶，莫燃身上有一切小莲艳羡的品质：淡然，优雅，强势，干练。小莲想着自己没钱没地位，又优柔寡断，不理智，小莲实在想不出自己身上有什么是让莫燃嫉妒的。

"小莲你知道吗？我曾和苏铭有一个约定，那就是不管对方在外面怎么玩，都不能动真心。我信任苏铭，知道他是个让人放心的男人，他也确实如此，从不在外面拈花惹草。可这次我知道他是动真情了，他真的爱上你了。

"刚知道这个消息时，我很绝望，同时也很愤怒，但我努力抑制自己的情绪。我把你叫到办公室，想好好教训一下你，可是看到你的样子，我却怎么也恨不起来，我知道你不是那种社会上挤破头想上位的小三儿，用句很俗的话吧，我知道你也是真爱。你很单纯，是个好女孩儿，那时我竟有种奇怪的想法，想着如果我是男人，我也会不顾一切地爱上你。

"我承认，把你赶出公司是不理智的，当时我被愤怒冲昏了头脑，一心一意要拆散你们。对于我的决定苏铭表示沉默，他是个善良的人，同时也是个软弱的人，他自知亏欠于我，就任凭我胡闹。我能看出他是伤心的，虽然在那之后他没有提过你也没有指责我，但我知道你的离开对他造成了巨大的伤害，这种伤害不仅是喜欢的女孩的离去，更是对你的愧疚，那时我就知道我错了。”

听到苏铭伤心，小莲心动了一下，她之前只想到苏铭对自己的伤害，纠结在其中不能自拔，甚至现在都不能原谅，但她没想到这样的伤害是相互的。在小莲绝望的时候，苏铭也承受着巨大的痛苦，小莲开始反思，她慢慢把心里那仅有的仇恨放平，打磨，直到它圆润无比，甚至最后小莲都不知道这到底是爱还是恨。

这期间小莲一句话不说，莫燃也并不问，莫燃继续说：“我慢慢发现了这样决定的可笑，我也变成了伤害自己亲人的人。可不同的是你们是无心的，而我是有意的。我再仔细想，竟慢慢能理解苏铭了，这个世界创造了美好，就是供人欣赏，让人喜欢，如果我连苏铭这点权利都剥夺，那我也是个不近人情的女人。可是亲人，就是你在外面闯荡满身伤痕后还坚持站在你身边的人，是这件事让我明白了这个道理，所以我也要谢谢你。”

莫燃每句话都说的真诚无比，可莫燃越是善解人意，小莲越是无地自容。那时小莲知道了背负罪恶的痛苦，就算身边的所有人都原谅了、淡忘了，这件事情却永远像个心结长在小莲心里。但她知道错了就是错了，无论做什么都无法弥补，只是之后每次她被噩梦吓醒过来，都会情不自禁想起和莫燃见面的情景，这也让小莲越来越坚强。

莫燃说：“说了这么多，其实我只是想告诉你，我已经不恨你了，希望你能继续回到苏铭的公司上班，我和苏铭都盼望着你能回来。”

小莲鼻子一酸，眼泪差点掉下来，她用力地摇了摇头，说："谢谢你，我做错了，我不想为它解释什么，可是一切已经回不去了，希望你们能幸福。我也要向前看才行，就让我们在各自的生活里消失吧，再次向你道歉。"

莫燃听后并不说话，只是不置可否地微微一笑，随后便看向窗外，小莲也朝窗外看去，看着那些经过漫长的寒冬迫不及待想要新生的树木，小莲仿佛听到了柔和的春风的声音。

小莲一到家就迫不及待地给李君生打电话，李君生听到这个消息很开心，下了班接小莲来吃饭。李君生说既然小莲已经稳定下来，自己就没必要再住小莲家了，他希望小莲能搬过去和自己一起住。小莲心里犹豫，虽然在自己心里已经放下了苏铭对自己的伤害，但她并没有放下苏铭这个人，小莲觉得对李君生不公平，自己也确实没有准备好开始下一段恋情。于是小莲说：如果可以的话，让我们慢慢发展吧，我想我现在还没有准备好。李君生并没有强迫，小莲怕自己伤害到了李君生，焦急地看着李君生想要解释，李君生说：傻丫头，别多想，先好好工作吧。

过了几天小莲去 rl 公司入职，一个高颧骨满脸冷漠的男人带小莲进了会议室。男人自我介绍：我叫 Jim，是 rl 公司的人事主管。小莲终于对上号，不断在心里惊呼着，这个人真的就像那个 HR 姑娘说的那样，高傲冷漠不近人情。小莲觉得 Jim 那阴冷的眼神很像 Daniel，提醒着自己一定要小心不要说错话。Jim 不断打量小莲，好像在研究一个危险物种一样，小莲被看的不舒服，尴尬地只能不停对 Jim 微笑来缓解气氛。半天 Jim 说："既然是 k 姐钦点的，我也不好说什么了，希望你好好干，不要让人失望。”

小莲觉得Jim对自己充满敌意，她办完入职从会议室走出来，打量着自己的新办公桌和周围那些忙碌的新面孔，小莲努力让自己不受刚才Jim挑衅的干扰，毕竟旧事已经过去，一切都是新的了。

小莲没见到k姐，给小莲介绍工作的是一个叫肖清的女孩儿，她是小莲这个团队的创意总监。肖清看起来比小莲大不了几岁，瘦得厉害，一副营养不良的样子，她留着大波浪，一脸倦容，皮肤极不好。肖清性格还算爽朗，但是她那双大眼睛总是骨碌碌地转，感觉人并不是很实在，但比起Jim的阴郁气场肖清已经算好多了的，坏也坏不到哪去。肖清让小莲叫自己肖姐，随后便哈哈大笑直说自己其实比小莲大不了多少，小莲奇怪怎么这个部门的人都喜欢放声大笑，k姐也是一样。

小莲这个团队负责一个巨大的国企集团旗下的所有产品，酒居多，肖清说：“我先跟你打好招呼，这份工作很累，加班是常事，不对，应该说不加班就不正常了，而且国企那帮人不好对付，他们喜欢翻来覆去地挑毛病，你准备好了吗？”

小莲不怕苦，更不会放弃这么好的一个工作机会，连忙点头说：“准备好了，肖姐放心吧。”

“那就好。”肖清说，“虽然你还在试用期，但我不希望你半途而废。”

小莲想起之前李君生叮嘱自己面试时一定要问上一位员工的离职原因，上次跟k姐聊的太开心忘问了，小莲不知道应不应该问肖清。但又仔细想想，了解一下比什么都好，于是小莲小心翼翼地说：“抱歉，我能问下，上一位文案是为什么离职吗？”

“她啊，她得抑郁症了。”肖清漫不经心地说，仿佛和自己并无关系。小莲从心里不满，怎么也是一同工作的同事，就算是做样子，惋惜和心疼的表情总是该有的吧。

肖清继续说："说过了国企的人很难缠，她长期得不到认可就抑郁了，现在辞职在家。"

小莲不寒而栗，难以置信地望着肖清，肖清似乎看到了小莲眼中的恐惧，更加得意地说："你以为是谁都可以在4A公司工作的吗？顶不住压力就不要参与这场游戏，这就是职场的规则，所以你不要让我们失望。"

小莲回到座位上，根本来不及多想，成堆的工作便压过来，客服部的人见到小莲像看见救星，他们向小莲抱怨没有文案的日子简直太苦了，最后逼的他们不得不自己写文案。小莲觉得自己好像掉进一个陷阱，怪不得当时k姐急切地把工作经验不够的小莲招进来。小莲从中午就开始工作，一直到晚上7点多，天色已经暗下去了，同事们仍丝毫没有走的意思。小莲看看手里的活儿，也确实走不了，客户明天上午就要看初稿，小莲奇怪为什么办公室里没有人抱怨加班，好像加班是件最平常不过的事。

晚上10点，小莲终于通过客服部同事的重重考验，把初稿交了上去，心里无比轻松。她走下来，看见月色笼罩下那辆银灰色的宾利，小莲心里一阵感动，她觉得这个春天的夜晚是这么美好，即使没有了丁香花，她也依旧能从空气中捕捉到那种万物复苏的甜甜的味道，还有她从心底迸发出的甜蜜。小莲小跑着来到宾利车旁，拉开车门坐了进去，李君生似乎在刚才等待的过程中睡着了，被小莲突然地闯入吓了一跳，他懒懒地伸了个懒腰，慢悠悠地说："怎么这么晚啊？"

小莲看着李君生的眼睛，认真地说："今晚我去你家住吧。"

第十二章

才　情

You’re gone from here And soon you will disappear

And fading into beautiful light

Cause everybody’s changing

And I don’t feel right

在从这里离开，不久你就会消失

消失在那片完美的光晕中

因为所有人都在改变

除了我以外

李君生的家在三环附近一套高档住宅区内，住宅区门口一个极为奢华的喷水池和两个金碧辉煌的狮子吓了小莲一跳，小莲感觉进了皇宫一样。车子驶入地下车库，小莲悉数浏览那里面的车，发现这里面最低端的车也是宝马，更有无数小莲叫不上名字来的形状优美的顶级跑车，小莲看得眼花缭乱，情不自禁地说：“你可真是阔少爷啊。”

公寓是电梯直入房间的设计，共有两层，一层的客厅大得吓人，还有一个极端华丽的吊灯，小莲受不了这种奢华的装饰，相比来讲她还是觉得苏铭那极有设计感的家来的温馨。小莲知道这是真正的富人住的房子，是自己努力一辈子也住不上的，她盘算着这套公寓的地理位置以及档次，惊讶地发现这套房子的价格比苏铭的房子要贵上三倍都不止。

李君生拉着小莲参观二楼，小莲欣慰地发现二楼要比客厅温馨许多。二楼有四个房间，三个卧室一个书房，李君生的卧室简洁大气，床单窗帘全部是白色，黑色的床头柜和案桌像画卷上装点的水墨山水。小莲喜欢这样的设计，她看着一尘不染的床单红了脸，其实她来时就已经下定决心，要把自己交给这个男人了。

还有一个卧室就是普通的客房，没有李君生的卧室精致，但也算舒服，但另一间卧室却让小莲很惊讶，淡粉色的墙壁，公主气质的床，还有一个有复古味道的吊灯，一看就是个女孩儿的房间。小莲觉得这个卧室有人气儿，一看就是有人常住，小莲奇怪，是李君生以前的女朋友吗？可为什么不住一起而要分房住呢？禁不住好奇小莲问道：“这个房间是为谁准备的？”

“妹妹。”李君生只回了两字，他脸上有一闪而过的尴尬，仿佛并不愿意多说这个话题，小莲不依不饶：“什么妹妹？我怎么不知道你还有个妹妹？”李君生匆匆答道：“在美国呢，现在不怎么联系了，就没跟你讲。唉，小莲，我们去客厅喝点东西吧。”

李君生只字不谈，小莲却更加好奇，心里仔细盘算着这个妹妹，设想了无数种可能也无法与刚才李君生脸上那种淡淡的忧郁和紧张吻合上。不知怎么的，小莲心里有不好的预感，但只是一瞬间，马上小莲就说服自己不要再想了，李君生和苏铭不一样，李君生没有结婚。

李君生倒了两杯葡萄酒，和小莲坐在客厅的沙发上聊天。李君生给她讲自己的童年，他在国外上学时的故事，以及自己对于工作的执着与倔强。小莲听得入神，其实李君生还算是个很幸福的人，家庭和睦，也从没出现过父亲把他和母亲扔在家自己出去找女人的情形，这也是因为李君生的母亲是个巨商的女儿，同时也是李君生父亲的集团董事会中的成员。小莲感叹这真是一个权钱交易的社会，就连婚姻这样神圣的东西都不能幸免于难，同时也庆幸自己现在所拥有的一切，起码她和李君生是真正相互爱慕的。

可小莲总觉得李君生在努力隐瞒着什么，这从李君生飘忽不定的眼神中就能得知，后来小莲恍然大悟，原来在李君生滔滔不绝讲述自己的过去的时候，竟从没提过这个妹妹。小莲刚要张嘴问，李君生看了下立在楼梯边的石英钟，说："不早了，我们睡觉吧。"

小莲低着头跟李君生上了楼，心里像跑着一万只小兔子。他们来到李君生的卧室，小莲光脚站在质地柔软的羊毛地毯上，李君生却跑到衣帽间不知在翻着什么，不一会儿李君生拿一套睡衣出来，说："小莲，家里没有女士睡衣，你将就一下吧，你想睡哪个房间？如果不想睡妹妹睡过的屋子就睡旁边的客房，或者你喜欢我的屋子你就睡这里，我睡客房也行。"小莲愣了半天，看着李君生单纯的样子哭笑不得，她琢磨半天，赌气拿着睡衣跑到客房狠狠地关上门。

一进屋子小莲丝毫没有犹豫，把自己关在浴室里洗了个热水澡，温润的水流顺着自己的肌肤落下的时候，她哭了。她想到苏铭别墅里那个禁忌的房间，苏铭从没让小莲进去过，那就是苏铭与莫燃孩子的房间。小莲突然无力地感到，这两个男人心里都有一块不许任何人进入的领地，连自己都不可以，她只能小心翼翼地绕着这块领地，小莲觉得很累，也弄不懂李君生为什么不和自己发生关系。

小莲洗好关上水龙头，才听见外面那持续不断的敲门声。小莲才想起刚才自己关门时弄出了巨大的响声，并顺手把门锁了。小莲胡乱擦了一把就跑出去，开了门，她看见李君生像一只受伤的小鹿一样倚在门口，那一瞬间，小莲那些胡乱的想象全部消失了。她用力抱住李君生，李君生不断地说着："你为什么锁门，你生气了，你是不是生我气了……"

"对，我是生气了。"小莲边抚摸着李君生的头发，边斩钉截铁地说。

李君生突然离开小莲的怀抱，紧攥着小莲的肩膀，压低着嗓音说："你为什么生气？！我做错什么了？"

小莲觉得李君生就像个得不到糖果吃的孩子，既可怜又可爱，她耐下心来向李君生解释："你把我带回家，却让我睡客房，你就是这样对待你的女朋友的吗？"

"好！我就让你看看我是怎么对待我的女朋友的！"李君生不等小莲回应就一把把她抱起来，向自己的卧室走去。

李君生的爱抚和苏铭的截然不同，苏铭就只是温柔，甚至仔细品来有些无味，可是李君生不同，他充满激情，懂得把控力道，在小莲的身体上行走的游刃有余。小莲被李君生挑逗的忍受不了，那一刻她把自己全身心地沉浸在爱欲里，也对压着自己的这个男人更增添了信赖和爱，她在想她是不是彻底忘掉苏铭了。

事后李君生对小莲解释：不是他不想碰小莲，而是怕小莲没有准备好，自己强迫的话会伤害到小莲。小莲觉得幸福，她把头埋进李君生的怀抱里，吮吸着李君生身上的气息，这样美妙的时刻，能让小莲对过去的所有和抱怨，以及对将来的所有猜忌都暂时忘了。

第二天小莲不敢耽搁，准时9点来到公司，发现办公室里一个人都没有，小莲觉得奇怪，难道因为昨天加班太晚今天团队全员放假了？小莲百无聊赖地在网上看着新闻，10点的时候肖清来了，一见小莲就急忙叫道："哎呀小莲，我忘记告诉你了，因为我们经常要加班，所以早上不用那么准时来，别耽误开会就行啦。"

10点一过，团队里的其他同事也陆续来到公司，10点半和客户开电话会议的时候，同事已经全部来齐了。小莲和创意部的几个设计师、创意总监肖清，以及客服部的同事们一同挤在会议室里听客户的反馈意见。小莲领略了这个集团人的难缠，那个细声细气的女人感觉很不好惹，说话抑扬顿挫的，像说评书一样，她说："你们简直太让我失望了，这样的东西，我们怎么跟上面交差啊。"

小莲回忆起这款白酒的宣传网页，是以俗气的大红色为基调的，小莲觉得很刺目，不仅没有传达出白酒的醇香感，并且这种红色十分让人厌烦。小莲问过肖清，肖清只是说这款产品的所有宣传一直用这种红色，客户没要求改她也不好意思提。小莲觉得这个客户讲话有很大情绪，小莲觉得她也一定不喜欢这种颜色，为什么肖清不能建议一下呢。

"你们看看！左上角那坨圆的是什么？长得跟月饼似的，人不知道的还以为这是中秋节的campaign呢！"没想到这个客户还比较幽默，小莲看见满屋的人都皱着眉头，再想想这客户说的有趣的话，小莲忍不住扑哧一下笑出声来。肖清狠狠瞪了小莲一眼。

"还有这个文案！"客户说起文案，小莲竖起耳朵，实际心里早做好准备，从她嘴里说出的话一定很难听。“这文案写的太差了，用户能看懂吗，整个一个乱码啊！”小莲又忍不住笑了，可是看见肖清的脸色铁青，强忍半天把笑意收回。一屋子人挨了骂，没人敢反驳，只有客服总监一个劲违心地赔着不是，没想到这个客户不依不饶：“这文案谁写的？小刘辞职了吧，新来文案了？那个新来的文案，你给我讲讲你写的到底是什么意思。”

全屋的人都不说话了，肖清直愣愣地看着小莲，小莲无法捕捉那眼神传达的信息，不知道肖清到底让不让自己说。小莲等半天没人来救场，她也并不知道怎么回答客户的问题，这些只不过是几句再普通不过的宣传语，普通到根本不需要任何文学修辞，说它是乱码纯粹是鸡蛋里挑骨头。小莲感到客户的极端不满情绪，想了想，说：“我有一个建议，不知该不该说。”

“你说。”那边的人感觉很不耐烦，但小莲既然提起，只得硬着头皮说下去：“我知道这种红色是这款白酒采用了很多年的主题色调。但是以前或许可以……过了 5 年还用这种颜色不会显得太旧了吗？我建议可以换一下定位和 slogan。”

小莲这番话引来对方一顿责骂，大体意思是一个新来的文案有什么资格指责他们定位有问题。小莲觉得意见不好可以不采纳但有必要骂人吗？可是看到肖清惊恐的眼神，小莲识趣地不再说话，等着客服总监来收拾残局。

会后肖清把小莲留下，劈头盖脸一顿骂：“你以为你是谁，刚来就给我找这种麻烦，你能不能让我省点心，我这边已经够多事儿的了，你要对你的言行负责任！”

小莲自知理亏，低着头不说话，肖清看小莲一副可怜兮兮的样子，收起了怒火，语调缓和了一些：“小莲，早告诉你这个客户不好惹，但他们集团很有实力，又是国企，上面有很多关系。现在这个社会，钱就是权力，别跟他们对着干，连k姐都顺着他们，我们更是不敢怠慢，你把你的脾气收收吧。”

小莲不是坏脾气的女孩，她说那些话都是为了能让客户的产品卖的更好。但小莲知道自己现在说什么都没用了，只能低眉顺眼地跟肖清认错：“肖姐，对不起，我以后再也不会了……”

听到小莲认错，肖清立刻心情大好，脸上也有了笑意，语重心长地跟小莲说：“你别理那帮人，谁不知道他们的产品定位不好，他们审美有问题，就让他们一错再错去吧，哈哈。”

小莲挨了骂，心情自然不太好，晚上李君生来接小莲，看小莲愁眉不展的，李君生想尽办法逗小莲开心。晚上李君生送小莲回家，把车停在小莲家楼下，小莲刚要下车，李君生拉住小莲的手，把一个冷冰冰的东西塞进小莲手里。小莲仔细看，是一串钥匙，李君生说：“小莲，搬过来和我一起住吧。”小莲看着李君生，眼里有感动，她克制着自己不让自己哭出来，李君生温柔地摸了摸小莲的头，说：“乖，上去收拾一下吧，我在车里等你。”

小莲紧紧地攥着那串钥匙，感到一种从未有过的幸福，那串钥匙仿佛就是全世界，又好像是一句魔咒。她觉得自己已经进入了李君生的生活，这是她从小到大一直追寻的感觉，她想融入，可是身边的人，不管是母亲，还是苏铭，都在从潜意识里排斥自己。可眼前这个男人不一样，这个男人给了小莲心驰神往却没有体会过的东西，像极了之前小姨给自己的关爱。

小莲跟李君生回了家，开心地把自己的东西摆在李君生那所大房子里的每个角落，李君生看着开心的手舞足蹈的小莲，不知是怜爱还是心疼。小莲觉得只要自己的东西存在于这个房子里，自己就好像和李君生签订了一种看不到的契约。她想起之前每次去苏铭家，总看着莫燃的衣服和鞋发呆，她觉得物品有主人的灵性。李君生觉得小莲这样的行为又可笑又可爱，却不忍制止她，他也暗暗发誓，一定要好好对待这个女孩，把她缺失的爱全部补偿给她。

第二天小莲在李君生的房间里醒来，有种重生的感觉，她盯着陌生的天花板，却一点不觉得恐惧。她叫李君生起床，自己跑到洗手间边哼着歌边洗漱，然后她到厨房做早点，两份三明治，两杯牛奶。李君生不知何时下了楼，从后面抱住小莲，小莲笑着问："你看我们这样，就跟新婚夫妇一样。"

李君生说："对啊，小莲，嫁给我吧，让我守护你一辈子。"

小莲不知道李君生是不是在开玩笑，但有这么一句誓言就够了，李君生说过一辈子都会在小莲身边。

之后的每一天都会是这么度过，小莲想想就觉得甜蜜，谈起恋爱的小莲很可爱，她不任性，知道怎么让李君生开心。两个人工作都很忙，小莲也是经常半夜才回家，可是只要在一起，小莲就觉得有说不完的话。他们从不吵架，正因为之前的经历，小莲才更懂得珍惜，她觉得上天真是公平，让她承受了那么多痛苦后，给了她这么好的男人，还有一份可心的工作。

小莲对李君生完全敞开了心扉，就像当时对苏铭一样。小莲对李君生讲了她的童年，妖艳的母亲还有一事无成的父亲，还有一直抚养自己的小姨。讲到小姨时小莲抬起头，她想让眼泪倒流回去，她不想在李君生面前流泪，自己已经这么幸福了，不应该再抱怨了。那个周末李君生带小莲去了小姨的坟墓，小莲带了小姨最喜欢的百合花，在小姨的坟前泣不成声。李君生全程都陪在小莲旁边，拉着她的手，那个温暖而宽厚的手掌传递给小莲力量，小莲扭过头对李君生说："君生，我们在楼下的花园里种棵丁香树吧。"

只是无心的一句话，李君生真的当了真。那片高档住宅区每栋楼都不高，大概一栋楼就住了3户人家，楼下有公共的花园。那些有钱人都是西装革履，早出晚归，可他们的太太个个端庄大方，过着闲散的生活。小莲和李君生没事的时候，就坐在小区里的木头椅子上聊天看街景，他们看着偶尔有一位衣冠楚楚的成熟男人悠然地在小区里散步，身边跟着自己风姿绰约的太太。李君生会对小莲介绍，这个是某某地产集团的董事长，她的太太是某个集团老大的独生女，嫁人后就待在家里，没事时种种花草，练练瑜伽，过着神仙一样的生活。小莲再看花园里那些花花草草，全是被精心呵护着的，那些玫瑰长势喜人，郁金香也娇艳无比，可小莲从没看到有人种丁香树，她怀念起红宝石庄园里的丁香树。

那天李君生给了小莲一个惊喜，他很晚才到家，神秘地让小莲到楼下的花园里来。小莲披了件衣服下去，看见李君生把车停在花园旁边，小莲正奇怪，李君生打开车的后门，一棵年幼的丁香树躺在车的后座上，小莲哇的一下叫出声来。

这个惊喜太大了，小莲一下子抱住李君生，她不知道李君生怎么弄来的这棵树，但这太像电影里的桥段。小莲和李君生小心翼翼地把丁香树移出来，在花园的一个角落挖个坑，把丁香树安安稳稳地放进去。那棵丁香树太小，还没到开花的年龄，但小莲仿佛已经闻到那股花香，那个让小莲魂牵梦绕的香味。从此，照料和看望丁香树成了小莲每天必做的功课，不管她忙工作忙到多晚，都要披件衣服下去看看它，李君生笑她真把丁香树当成自己的孩子了。小莲说李君生不懂自己的心情，第一棵丁香树是母亲的，第二棵是红宝石庄园的，这棵丁香树是自己的。

让小莲没想到的是，集团白酒的案子也有了转机。那天小莲照例来上班，正因为昨晚加班到深夜头晕眼花的时候，K姐来了，这是小莲入职这么久第一次见到K姐。小莲走过去想跟K姐聊聊天，却被K姐招呼进了会议室。小莲进去看到肖清他们也都坐在会议室里，从每个人轻松的表情看出并不是什么坏事，小莲坐下，K姐开始说话：

“关于那个白酒的项目，前几天他们的负责人找到我了，他们开会商量了一下，决定采用我们文案的建议。之前的定位确实有点老套，他们希望能换一个新的定位，并且他们愿意付给我们额外的费用。”

“太好了。”肖清连忙说，小莲感觉她并不是在拍K姐的马屁，而是真的觉得这样的决定好，“这段时间我们创意部也是焦头烂额的，做什么他们都不满意。他们不了解这个项目的症结在哪里，现在他们清楚了，起码我们能少受点苦。”

小莲再看创意部的其他人，都是一副无所谓的表情，只有肖清满脸激动，小莲突然想到空来这么一笔钱，肖清也许也是有提成的。K姐继续说：“确实，不过还是要表扬一下小莲，客户不懂，我们是专业人士，有义务为他们提供一些可靠的建议，不要害怕说真话，真话有时会招来责骂，但总比一味奉承好。”

小莲冲K姐笑了笑，肖清也是满脸堆笑，她让小莲好好想想新的定位，过几天开个创意会。等散会了，K姐示意小莲留下，想跟小莲聊聊。

小莲再次见到K姐很激动，迫不及待地跟K姐汇报自己的近况，K姐又开始哈哈大笑，开着玩笑说："小莲啊，这次真让我领略到你的个性啦，不错，很有意思！"

小莲想到开电话会议时被客户骂的场景，还是有些不好意思，连忙说自己只是歪打正着，口无遮拦的个性确实应该改改，K姐说："你没必要改，你的发自内心都是好的，并且说的都有道理，怎么说呢，我真的很看好你，你很像以前的我。"

小莲仔细观察K姐的表情，确实有种很微妙的东西，有赞赏，有心疼，也有对自己过去时光的缅怀，尤其是最后一种感情尤为强烈。小莲还年轻，当时只觉得这种感情的美好，并不知道那里包含了多少心酸。可小莲对K姐生起一种特殊的好感，有些像亲人，或是久违的朋友，她觉得自己的上司是可以依靠和信任的，k姐说："加油小莲，我盼望着你成为创意总监的那天。"

小莲兴奋地眨着眼睛问："我可以吗？我只是个文案，不懂设计，真的可以当创意总监吗？"K姐又笑起来，回小莲："当然可以，咱们的ECD……Johan他，就是文案出身，不是也做到了执行创意总监的位置？你放心吧，以你的才华和个性，用不了多久就能升职的。"

K姐几句话说的很真诚，小莲也暗下决心，她想作出一些成就，对得起小姨曾经的关爱，也对得起李君生，还有苏铭……是的，还有苏铭，小莲想让苏铭知道，他带小莲进入这个行业是正确的。

白酒的项目暂停了，那天小莲他们一到下班点就被肖清赶回家好好想创意，小莲走出公司，看表才6点，李君生一定也在忙，小莲想趁这段时间去逛逛街，给李君生买个礼物。他们相处这么久，李君生经常送小莲礼物，可小莲却没有回送一件，她想着买个又好看又实用的东西。正想着，小莲突然被一个女孩叫住，小莲四下看看，看到一个美女不怀好意地盯着自己，小莲不认识她，奇怪着她怎么知道自己的名字。那个美女走过来，微微一笑说："是小莲吧，我是李君生的妹妹 Amanda。"

这就是那个"妹妹"？小莲走近 Amanda，惊讶地张大嘴巴。Amanda 美得让小莲心颤，她似乎是个混血儿，棕色的长发，湛蓝的眼睛，脸部线条精致完美，完全欧化的眼眶，还有小巧的鼻子和嘴。小莲感叹着造物主的巧夺天工，竟然造出了这样的尤物。她的每个表情都牵动着小莲的神经，好像她不是一个凡人，而是画里的人物。Amanda 穿着黑色风衣，拿着 Prada 的暗红色手包，脚上是一双 Chanel 的平底鞋，她看起来很年轻，却优雅高贵，那种神秘而冷傲的气质让小莲忍不住接近。在 Amanda 面前，小莲觉得自己就是个丑小鸭，虽然如此，她却生不起一分一毫的嫉妒和羡慕，也许是知道自己差得太远，根本没有嫉妒的能力和必要。

"不要惊讶了，我看过你的照片，所以能认得出你。"刚才那倾城一笑过后，Amanda 马上换回冷漠的表情。

"哦……你……你好，请问，找我有什么事吗？"小莲不自觉地口吃，她感觉到 Amanda 的敌意，努力调整着自己的情绪，那敌意好像是冬日的寒风，冷进小莲的心里。

"我刚从美国回来，听说哥哥交了女朋友，想来看看你。"Amanda 仍是面无表情，她说的那些话像是一把把刀子，生硬地亮出来，在小莲面前晃悠，虽不伤害小莲，可那种挑衅的感觉让小莲很不好受。

这可是李君生的妹妹，小莲努力让自己显得谦和有教养，她不想让李君生难堪，于是她笑着对 Amanda 说："既然这样，那就跟我一起回家吧，君生也一定很想你，我给你们做饭吃。"

"你们一起住？！"Amanda 满脸的愤怒，可那愤怒停留的时间太短，似乎只有一秒钟，可还是及时被小莲捕捉到了。马上Amanda还是变回了那张冷若冰霜的扑克脸，无所谓地说：“今天算了吧，太累了，我要回酒店好好休息一下，改天再去看你们。”说完，Amanda伸出一只手给小莲，小莲握住，但Amanda马上抽回手，转身准备离开，突然，Amanda回头对小莲说：“对了，告诉哥哥我回来了。”说完这句话，Amanda就消失在人海当中，剩下小莲张着嘴待在原地。

小莲回到家，李君生还没回来，小莲满肚子的疑问，怎么想都觉得Amanda的造访唐突而奇怪。Amanda似乎是个谜，年纪轻轻满身名牌不说，那贵族一般的气质可不是任何傍上大款或靠自己的努力成功的女人身上能有的，小莲觉得Amanda一定出身高贵。小莲把Amanda的脸和李君生的脸放在一起做比较，找不到一点相像之处，李君生是标准的中国式帅哥，浓黑的眉毛，讨喜的丹凤眼；而Amanda却极欧化。小莲突然想到也许Amanda是李君生的某个亲戚和外国人的女儿，但Amanda怎么会知道自己的公司在哪儿呢，再加上提起Amanda时李君生紧张的表情，小莲越想越不对劲。

李君生一进家门，小莲才想起刚才一路光顾着琢磨Amanda，忘记给李君生买礼物了。小莲懊悔地拍着自己的头，不停地说：“哎，本来想买个爱心礼物送你呢，我这脑子，一下子就忘了。”李君生拥住小莲，小莲依偎在李君生的怀抱里，说：“Amanda来找我了。”

李君生把小莲放开，紧张地看着小莲，那表情里有绝望和悲伤，李君生低声说：“她回来了？她找你说什么？”小莲一头雾水，她觉得李君生反应过度了。

小莲想去和Amanda聊聊天，但Amanda一副拒人于千里之外的样子。小莲四下看看，不见李君生的踪影，刚要上楼，却看见李君生从楼上走下来。小莲见李君生脸色不好看，看见小莲后更是紧皱了下眉头，小莲内心的疑惑升到了极点。她觉得今晚必须要问清楚，不然就要被这个莫名其妙的“妹妹”逼疯了。李君生慢慢走下楼梯，对小莲说：“小莲，Amanda来了，她要在家里住几天，希望你不要介意。”

小莲还没回话，就看到Amanda突然抬起头，眼中的目光如死灰一般。她对小莲有强大的敌意，但却在努力克制，小莲仔细想，那眼光里还有些许轻蔑，有志在必得的骄傲，那骄傲是种争抢某种东西后必胜的决心。那东西是什么呢？是李君生吗？可Amanda是李君生的妹妹，小莲才想起并没有问过李君生，Amanda与他有没有血缘关系，想到这一点小莲心沉了下来，一块突如其来的千斤石头压得小莲喘不过气来。

三个人默默坐在客厅里看着电视，这房间里以往的温馨气息荡然无存，小莲奇怪只不过是一个人的到来，却让整个氛围变得压抑。小莲觉得Amanda就像一个幽灵，一个美的不在世间存在的幽灵，好像她身上背负着和自己一样的痛苦，可小莲的痛苦已经几乎被自己消化地烟消云散了，Amanda却一直困在这样的绝望中，仿佛一只不断同自己挣扎的困兽。想到这里，小莲竟对Amanda生起了一丝怜悯。

已到半夜，在李君生三番五次的劝说下，Amanda终于同意回房睡觉，临走时她恋恋不舍地望着小莲，小莲被这样的眼神看得毛骨悚然。她看到Amanda走后，李君生不断搓着手，小莲很少看到李君生这样，印象中的李君生一直是高傲且儒雅，小莲最喜欢的便是李君生天生的公子哥儿气质，好像他是与众不同的。可现在的李君生，与当时下定决心把自己赶走的苏铭无异，小莲怕李君生的秘密，更怕李君生变成一个自己完全不熟识的人。

“到底是怎么回事，你告诉我吧。”小莲努力让自己变得平静，她不想让李君生有负担。

“你看出来了……”李君生说。

看出来什么？小莲不懂，但她强忍住内心翻腾的情绪，小莲沉默不语，等待李君生的下文。

“Amanda 她……跟我没有血缘关系……”李君生终于说出来了，证实了小莲心中无数次的猜想。不知怎么小莲心里竟平复了一些，早知是这样的结果。

李君生缓缓说：“Amanda 是我的青梅竹马，我们小时候一起在美国长大。她母亲是个法国贵族，十分优雅美丽，她父亲是美籍华人，是美国某地产集团的股东之一。她父亲和我父亲是大学同学，两人好的像亲兄弟一样。Amanda 小时候非常乖巧，成绩好，面孔也像芭比娃娃一样精致，我把她当亲妹妹一样看待。也许你会奇怪，这样美丽可爱的女孩，为什么我不和她在一起。可是事实就是这样，尽管我能感觉她对我强烈的爱意，我却对她丝毫没有男女之情，但我是爱她的，像爱自己的亲人一样。”

“事情发生在 5 年前，那时 Amanda 已出落的亭亭玉立，我更是刚读完哈佛管理学学士，可是命运之神却降临在那一年，Amanda 的父亲在那年意外去世了。事后听父亲讲，他与 Amanda 的父亲以及几个朋友一同去海边度假，Amanda 的父亲是个性情刚烈的人，爱玩，又不管不顾，那晚天气预报说海边会有很大的风暴，Amanda 的父亲执意要在夜晚去海边，几个人劝不住，就由着他的性子去了，可他去了就再也没回来。得知 Amanda

父亲的死讯后，我的父亲陷入了深深的自责中，他一直觉得亏欠Amanda。”

“那只是个意外，跟你父亲一点关系都没有。”听到这儿小莲忍不住插嘴，她觉得这一切太戏剧化了，简直就像在听故事一样。

“你不知道。”李君生自顾自地摇摇头，“商场如战场，那些人都只是表面工夫做得足，实际上不定怎么嫉恨自己的竞争对手，当时和他们一起游玩的人就是那样。Amanda 的父亲是地产界的大亨，那几个人也都涉足地产界，就连我父亲也不例外，但我的父亲与 Amanda 的父亲是真正的兄弟情谊。所以 Amanda 的父亲去世，也许只有我的父亲是真正的伤心吧，这种伤心在后来慢慢变成了自责，他不停说，如果当时自己及时制止就好了……”

“我体会到了这种绝望和自责，不仅是因为我父亲，更是因为Amanda。你不知道，在她父亲去世后，Amanda 简直变了一个人。以前那个聪明乖巧的女孩儿不见了，变成了现在这个冷漠自私的女人。其实那件事过后，我很久没见过她，再见她是在加拿大，她一脸的冷傲和不屑一顾，对我的态度更是变了……”说到这里李君生痛苦地抱着脑袋，他使劲晃着头，好像要把那些无形的痛苦赶走。小莲走过去坐在李君生旁边，轻抚他的肩膀，小莲想给他力量，此时小莲心里没有一点嫉妒，她只希望能做些什么，好让自己爱的男人能好过一些。李君生似乎是感到了小莲的用意，他调整了下呼吸，继续说：

“她经常指责我，骂我，这些我都能忍，毕竟她与我从小就在一起，我把她当亲妹妹看待。可是让我觉得别扭的是，她好像一瞬间把我当成她的男人了，她让我每天都陪她，让我去她家哄她睡觉，这些我都照办。可是有天晚上，我看见她从浴室出来，一丝不挂地站在我面前，我下意识地转过头，命令她穿上衣服。她不理我，走过来开始抚摸我，我生气地打开她的手，说了些不太好听的话，可我说完马上便后悔了。我不忍伤害她，可让我惊奇的是，她不仅没哭，脸上更是没有一丝一毫的伤心，而是用那种冰冷的眼神打量着我，那眼神让我毛骨悚然。”

小莲想起那种眼神，冷的像大海的最深处，每次看到 Amanda 这种眼神小莲也感到恐怖，因触不到底。

“之后 Amanda 默默穿上衣服，所幸她之后再也没有提过这种怪异的请求。”说到这儿李君生苦笑了一下，“可是她提出一个更过分的要求，她让我跟女朋友分手。”

“那时我的女朋友是我的大学同学，我们相爱 5 年，说实话小莲，请你不要生气。”李君生看向小莲，小莲微笑着摇摇头，李君生鼓起勇气说下去，“那时的我，非常爱她，我想娶她为妻，她也十分懂事，凡事都为我着想。我自然不同意跟女朋友分手，于是 Amanda 她……”李君生痛苦地抱着头，他微微颤抖着，小莲心疼的无以复加。过了半晌，李君生慢慢抬起头，小莲看到他眼中的眼泪。

“其中过程我不想再说了，总之我们被 Amanda 拆散了。小莲你不要误会，我并不是对过去还有所留恋，我爱你，非常爱，这次我不想放手，我要永远和你在一起，我不允许任何人拆散我们。你知道最让我痛苦的是什么吗？是我面对这件事情的无能为力，Amanda 几乎是我的亲妹妹，我在她面前又有负罪感，我不想……是我不能对她狠心，我只能任她胡来，我怎么办……我们怎么办……”李君生失声痛哭起来。

小莲走到李君生身边，慢慢屈下膝，跪在李君生旁边，伸出双手紧紧抱住他，仿佛此时她是一个母亲。她用尽全力呵护的这个孩子现在正痛苦不堪，她有责任去除掉这片阴霾，小莲不停用手抚摸李君生后背，不断安慰着那颤抖的心灵。她感到李君生的身体向自己靠过来，心中无端升起一种强烈的冲动，她要保护他，无论怎样，无论以后的路多么艰难，她都不会离开，除非他先走。她说："李君生，你听好，今后的路无论怎样，不管发生什么，我都不会离开你，我会一直在你身边，包容你，照顾你，爱你。只因你之前对我的所有，我会用我这一辈子补偿你，除非你口口声声告诉我，你不再爱我了，你要离开我，否则，我决不会离开你。"

那年盛夏，小莲觉得比往年的夏天都要炎热，小莲不再穿以前的体恤，而是买了职业装。现在的小莲更优雅，更有女人味儿，她不知道的是，其实她正渐渐向着自己想成为的那类女人靠近。白酒的案例过后，K 姐对小莲更加器重，肖清对小莲的态度也缓和许多。K 姐找小莲谈过话，希望小莲能目标明确，一步步坐上创意总监的位置。小莲感叹的一塌糊涂，曾经那个神一样的职位现在离自己是如此的近。

小莲奇怪为什么 K 姐不结婚，看来也没男朋友，小莲觉得难道成为女强人就要连自己的幸福都不管不顾了吗？再看 K 姐，五官虽绝说不上惊艳，但也不俗，并且 K 姐举止从容，举手投足中透露着女人味儿，肯定不会没有男人喜欢。但小莲不好意思问，也许每人的生活习惯不同。

发现 K 姐的秘密那天，小莲完成了手头所有工作，再加上前些日子被一个项目折磨得筋疲力尽，小莲申请提前下班回家休息。她在街上溜达着，看见一个装修古朴精致的小咖啡馆，突然想念咖啡的味道，于是小莲推门进去。这个咖啡馆占地面积很小，总共才有五六张桌子，小莲一进门就看见了坐在角落的K姐，面前还坐着一个男人。小莲刚想过去打招呼，忽然发现K姐脸色不对，好像在和对面的人低声争执着什么，眼睛红着，明显哭过。小莲识趣地坐在靠门的座位上，要了杯咖啡低头饮着。不一会儿，角落里那两人谈妥，男人起身去前台结账，小莲一看到男人的脸，立刻惊的说不出话来，是rl的执行创意总监Johan。

Johan是个40岁左右的中年男人，小个子，平时话不多，他是rl公司的传奇，更是年轻创意人的偶像。传闻他有一妻一子，生活作风极其检点。Johan当然不认识小莲，小莲也只是在公司里遇到过Johan两次，但Johan结完账离开路过小莲的时候，小莲却心虚地低下头，心里不断盘算着接下来应该怎么办。看样子K姐是没有发现自己，要不自己也赶紧结账离开吧，正琢磨着，那边的K姐说了句："小莲，过来吧。"

小莲只得走过去，坐在K姐对面。K姐红着眼睛，妆也花了一大半，这样的情形小莲觉得很尴尬，安慰也不是不说话也不是。K姐点了根烟又递给小莲一根，小莲抱歉地笑笑说不抽烟，K姐苦笑了一下说："你都看到了，没什么可藏的了。"

小莲一头雾水，但心里隐隐有不好的预感，在这方面小莲是个迟钝的人，她不太精通人情世故，这是天生的。工作这几年让小莲学会尽量少说话，言多必失。小莲在心里猜测着K姐和Johan的关系，虽然已有了模糊的答案，但小莲还是决定不多嘴。K姐深吸一口气，整理了一下前额的几缕乱发。小莲看着有些心疼，眼前的K姐已不是那个从容大度爽朗大方的女人，而是憔悴、疲惫，K姐的神情传递给小莲一个信息：她已不想再参与这场毫无结果的游戏了。

"我和他已经5年了……"K姐缓缓说，"刚认识他时我跟你一样大，对人生充满幻想。他是所有年轻女孩儿的偶像，我也一样，毫无意外地迷恋上他了。但我跟其他女孩儿不一样，别的女孩只是想想，我却想办法接近他。当时我爱出风头，能力也是整个团队里最强的，他注意到了我。后来他几次出差，我都跟着去，我们越来越熟，只是他对我的表白置若罔闻，他把我当小孩子，其实最开始我就知道他有家室，但我控制不了自己的欲望。”

听到这些小莲不感到意外，这不仅证实了小莲的猜测，更让小莲想到了自己的过往。她对苏铭的迷恋，以及后来的伤害，小莲开始怜悯K姐，这怜悯里不仅有同情，更有感同身受的心疼。她握住K姐的手，K姐愣了一下，随后便紧紧抓住小莲的手，仿佛那是深海中的一棵救命稻草。K姐说：“其实我不在乎别人怎么想我，后来我们相爱了，别人以为我只是借一个有权有势的男人上位，以为他只是随便和年轻姑娘玩玩，可我们是真的相爱，深到似乎耗尽了我全部的精力和感情。我拼命地工作，只为能和他再近一点，于是我造就了rl公司的一个奇迹，仅5年就坐上了创意群总监的位置。我努力地工作，与他相爱，耗尽了我的青春，你以为值得吗？”K姐哭笑着问小莲，但语气更像是在问自己。

“值得！”小莲毫不犹豫地回答，这个问题她不用思索，心里早有了答案，“不管有没有结果，不管是否违背规则，只要是真诚的爱，就值得所有的付出和代价。”

小莲笑了，仿佛她的心结也被解开。她看着窗外，外面是温暖明亮的阳光，映在玻璃上形成好看的黄色光晕，好像那片玻璃也是暖的，又好像那是团金灿灿的棉絮，小莲伸出手想网住它，可是只留下透过手指缝隙倾斜下来的几缕光柱。她有些想念苏铭，想念他们之前的那段时光，想念却不留恋，不管世界怎么变迁，他都将是小莲生命中最重要的男人。

K姐情绪也好了很多，她问小莲："你觉得我该放手吗？"小莲知道K姐已经做了决定，小莲说："留念，不要留恋吧。"说完两人便不再说话，沉默中却滋生了默契。小莲享受这样的感觉，她没有再把K姐当作上司，今后的日子也是，K姐是她最知心的朋友，是家人，是除小姨外真心为她着想的人。

良久，K姐慢慢说："小莲，我真的很看好你，我希望你能成为下一个我。"

小莲不置可否，她知道自己一定能做到，就像以前一样，自己就是烧不尽的小草，顽强而坚持。

小莲没有对K姐讲自己的故事，仿佛已经形成习惯了，遇到的苦都往肚里咽。这些日子小莲并不幸福，甚至每天都生活在惊恐和无奈中。Amanda就像一个幽灵，飘荡在小莲和李君生的家里，她走路没有声音，从来不笑，总以那种能杀死人的目光盯着小莲看。小莲曾无数次想自己已经受够了，只要作出决定，收拾东西离开李君生的家，她就能获得自由，就能重新开始自己的人生。可是每当看到李君生因绝望而扭曲的脸，再想想自己说出的誓言，小莲还是坚持住了，她说过要一直在李君生身边。

Amanda没有朋友，也不去工作，她就像一个喜爱潮湿的植物一样长在每个角落。她起床和他们一起吃早餐，然后就在家里窝一天，小莲不知道Amanda每天都干了什么，也许只是闲散地靠在沙发里看电视。可是每次小莲试图猜想Amanda的想法，她想到Amanda脑袋里那些冷酷阴暗的念头，都会觉得毛骨悚然。Amanda住进来的那天起，小莲心里便长了一个疙瘩，这疙瘩在Amanda冷气的滋润下越长越大，现在已经成为肿瘤。李君生觉得亏欠小莲，他每次想安慰小莲，想说些动人的情话，却都对着小莲温柔的目光哑口无言，小莲感到这个男人的脆弱，就和当初的苏铭一样。

Amanda在跟小莲打持久战，她有信心能耗得过小莲，就像过去一样，她坚信自己能坚持到底。整整一年，春去秋来，冬离夏至，Amanda都住在李君生的家里。小莲惊讶这个女人的耐心与毅力，不知何时，小莲开始失眠，睁眼是天花板，梦里也都是Amanda冷冷的笑。小莲的神经衰弱越来越厉害，也是那时，小莲由之前的小文案变成文案指导，手下带了几个刚招进来的小文案，小莲的工作量陡增，她睡眠越来越少，对咖啡的依赖越来越厉害，整个人都瘦得脱了形。

李君生看到小莲的变化，他清楚小莲正在承受着巨大的压力和痛苦，可他不敢说。他从没想到小莲是这样的坚韧和隐忍，他想保护小莲，却又惊讶瘦弱的小莲内心中的强大，他只能不断劝慰小莲："会好的，我们再坚持一下，一切都会好起来。"

肖清有意提拔小莲做创意总监，因为肖清自己瞄准了创意群总监的位置，K姐对此当然也是全力支持。自从那次K姐对小莲倾吐秘密后，两人成了无话不谈的好朋友，小莲对K姐讲了自己糟糕的境遇，却没讲过苏铭的事，K姐也只是淡淡地说："如果你真爱他，就坚持下去吧，如果坚持不下去就离开，这世界上没有谁离开谁就活不了。"

K姐和Johan似乎断了，小莲不敢问，K姐也没再提起。她看着这两人在公司里形同陌路，心里无端的酸楚，不管多么炙热的情感，也有完结的那天。

什么都不能想，小莲知道只要再坚持一下就会柳暗花明，她习惯给自己制定一个个的目标，这样在那些通往彼岸的道路上就不会那么累了。小莲很累，无形中她给自己增添了莫大的压力。想起自己的过往，那个单纯无知的小女孩，在苏铭的公司里拼命地学习工作，那时一切都是新鲜的，事业、爱情，都是一枚枚青涩的果实等着小莲去采摘。好像只是一转眼的时间，小莲就什么都经历了，背叛、伤痛。每当小莲手底下的小姑娘叫自己莲姐的时候，小莲觉得心酸，她看到公司里那些新来的应届毕业生，那双双求知若渴、纯粹无比的眼睛，就像当初的自己一样，她对这些孩子又心疼又担心，她知道他们早晚也会经历这些伤痛和挫折。

那晚小莲在赶一个比稿，在公司加班到深夜。长久看着电脑让小莲有些头晕，她站起来走到窗边呼吸了会儿新鲜空气，回来时发现自己的邮箱里有一封奇怪的邮件，发件人是小莲不熟悉的，主题只有三个字：还好吗？

小莲立刻点开邮件，如小莲所料，这封邮件确实是苏铭发来的。

莲：

见信好。

我不知道自己还有没有资格给你发信，更不知道这封信会不会还没打开就被你扔进垃圾箱，但经过无数个夜晚的犹豫和思考，我还是决定，抱着极其真诚的心情和态度，给你写这封信。

你的离开给我造成了极大的打击，再加上对我妻子的愧疚，那阵子我萎靡不振，但我知道这一切都是我自己造成的。那阵子我觉得我失去了生命中最重要的东西，一个女人视我为兄长与知己，一个女人视我为信仰与生命，可由于我自己的过错，我失去了她们，那些曾经的信任与爱，已经一去不复返了。

后来我的妻子原谅了我，又听说你找到了更好的工作，我才释怀了些。现在我的生活很平静，我希望一直这样下去，我不知道这辈子能否有机会再次与你相见，但对你的怀念与愧疚一刻都没有停止过。我曾想过，如果可以，我希望我们再次相遇，我会克制住自己的感情，去拯救在我面前的那个弱小、无辜的你。

我不知该怎样弥补对你的伤害，只能在心底一遍遍祈祷你能过的好，我更不奢望你能给我回复，但我能做的只有这些。抱着一丝可怜的侥幸心理，期望这封信适时被你发现，得到你的回复。

我爱你，令胆小懦弱的我畏惧的这三个字，现在终于有机会，有勇气对你说出来了。不管世事怎么变迁，我会一直思念着你，就算这种思念会伴随着罪恶。莲，门口那棵丁香开了又败，在我的梦里，它已经变成一团紫色的烟雾，侵蚀我的每个细胞，回忆催人老，丁香香满城。

小莲没有哭，她只是一遍又一遍品着信里的字句，她忽然想起了那首歌，那首在初识苏铭时自己反复听的歌——没有了你，我的爱，时光变的如此沉重……小莲闭上眼睛，那海天一色的美景在小莲的脑海里开阔了起来，橘色的沙滩和风，还有那一缕看似柔情却无法抹去的忧伤。小莲想起那些轻松欢快的旧时光，圣诞的雪，电影院门口的雨滴，法国餐厅那个好听的名字，这一切都在这间毫无生气的办公室里鲜活起来。小莲心里像丢失了一角般失落，相比那个有丁香花相伴的初夏傍晚，自己家里潮湿的气氛更让小莲窒息，可是这是自己无法逃避的命运，是劫数。

小莲想给苏铭回封信，她知道自己必须写这封信，告诉苏铭她不恨他，甚至还思念着他，她现在所做的一切都因为他最初给自己的那个信念。可小莲的脑子里一片混乱，她盯着空白的屏幕半晌打不出一个字来，好像每个手指都灌了铅块，连抬起来都费力。她突然想念楼下花园里的那棵丁香树，想念到即刻就要冲到它的身边，抚摸它嫩小的枝干，吮吸它还未丰满的枝叶所特有的青涩的气味，于是小莲关了电脑，拿起包准备往外走。

路过客服部时，小莲发现一个姑娘蜷缩在电脑前，小莲吃了一惊，原来公司里除了自己还有别人在加班。姑娘身穿黑色的衣服，长发披肩，一动不动地盯着屏幕，不仔细看还真像一个幽怨的女鬼，小莲轻声问："还不回家吗？"

姑娘吓了一跳，连忙转过头，小莲认出这是客服部的实习生琳琳。琳琳见是小莲，紧张的神情马上烟消云散，换上欣慰的笑脸，连忙应着："是莲姐啊，我再坐会儿。"

小莲瞥了眼琳琳的电脑屏幕，发现没有工作表也没有客户信息，只是桌面的图案。小莲觉得琳琳好像就这么一直愣愣地盯着电脑看了一晚上，琳琳有心事，小莲索性拉开琳琳旁边的椅子坐了下来。

"饿不饿，要不要吃宵夜？"小莲问。

"不要了。"琳琳低下头，"莲姐就这样陪我聊聊天就好了。"

小莲笑而不语，静静地看着琳琳，她明白琳琳这种女孩儿，正值青春期，脆弱而敏感，事业的不顺和感情的失利都能将她推进谷底，小莲能做的只是陪着她，尽自己所能帮助她。

"其实……莲姐，我很羡慕你。"琳琳看着小莲，那眼中的光亮一闪而过，“我觉得你很坚强，知道自己想要什么，又有勇气，完全能把握自己的人生道路，可我……”

小莲在心里苦笑，也许在别人眼中的自己确实是这样的，可人算不如天算，再倔强的决心也比不过命运的一击，但这是专属于自己这个年龄的女人的感悟。琳琳这样如小荷般明媚的年轻女孩儿，无须过早承受岁月的压力。

小莲拉住琳琳的手，说：“琳琳，如果你能信任莲姐的话，遇到什么困难了，跟莲姐说，莲姐不敢保证能帮你解决，但起码能替你出出主意。”

小莲感到琳琳的眼眶湿了，那双水汪汪的大眼睛里写满感动，琳琳深吸一口气，开始说：“莲姐你知道我半年前刚毕业，学的就是广告专业，我也喜欢这个行业。在一年前我还是在校生的时候得到了 rl 公司的实习机会，当时我非常兴奋，这是所有广告人梦寐以求的啊，更是我这样没有任何经验的学生不敢想的。我非常珍惜，卖命地工作，虽然工资只有每月 1500，但做为一个实习生来讲我没有任何怨言。

我入职时，HR 告诉我如果实习期间没有问题，毕业就可以转正，我在实习时一个人干好几个人的活儿，工作到深夜是经常的事，总监对我很满意，与几个客户都建立了很好的关系。就在拿到毕业证书，信心满满地找 HR 去转正的时候，他们告诉我提交一些材料，我交上去后却没有消息了。我心急，我家条件并不是很好，1500 的月薪在这里租房都困难，我已经快活不下去了。过了一个月我又去找人事主管 Jim，他以美国总部要审核为由又把我退了回去，我就这样又做了半年的实习生。每次去找 HR，他们都以各种理由回绝我，我又不想辞职，可妈妈劝我回家，她说大城市不是女孩子可以闯荡的，我真的不知道该怎么办了……我……”

说到这里琳琳已经哽咽了，小莲认真听了琳琳的话，觉得很惊讶。眼见 Jim 就是不想让琳琳转正，1500 元聘请一个实习生做跟正式职工一样的工作，这个走了就招下一个实习生进来，反正 rl 这样的大公司不愁招不到人。小莲不明白这样机制完善的公司也会有漏洞，更不知道还有多少实习生正忍受着疲于奔命的辛苦。

“告诉莲姐。”小莲把琳琳的手握得更紧了一些，“在这个公司里，像你这样的实习生还有多少？”

琳琳擦了擦眼泪，说：“莲姐不瞒你说，很多跟我一起进来的实习生都是这样，他们有的家境好不在乎工资，只想在 4a 公司多待几年，有的早受不了辞职了。他们面对公司这样不平等的待遇，全都敢怒不敢言，因为我们知道，就算跟公司闹翻了，吃亏的肯定是我们。莲姐，你说我该怎么办？继续在这里忍耐，还是换份工作？我真的不想回老家……”

说完琳琳又哭了起来，看的小莲又担心又心疼，小莲才知道，原来自己是这么幸运，世界上还有这么多人默默承受着这个世界的不公，并且这些不公平是无法改变的。

小莲不相信这事情完全没有转机，从小姨去世后，小莲就靠着自己的双手一步步打拼到现在这个地步，她完成了太多不可能，那些旁人眼里奇迹般的结果一一在小莲身上出现。尽管此次面对的是一个成熟而庞大的强势力人群，小莲依然有信心找到他们的漏洞，她不愿这些年轻人过早承受太多负担。于是小莲暗暗下定决心，她一定要帮助这些实习生争取权益，这次不是他们妥协，就是自己离开。

那晚小莲一直没睡，反复想着这些事，和自己的生活，她在黑暗中看着自己旁边的这个男人，黑暗中他的脸像罩了层面纱，只能靠着悄悄溜进来的微弱的月光看清大体轮廓。小莲突然觉得这个和自己有着生死承诺的男人陌生，李君生身上有阴冷潮湿的气质，跟Amanda 身上的感觉一样，她在想着这次是不是轮到自己果断地离开了，但一想到李君生痛苦到满脸扭曲的神情，小莲马上打消了这个念头。

第二天仍是一样，起床洗漱，到客厅和 Amanda 一同吃那顿味同嚼蜡的早餐，然后在 Amanda 那如同刀片一样的目光中出门上班。在小莲关上门，把那道目光挡在身后的时候，小莲只觉得头晕目眩，她马上扶着旁边的楼梯扶手，深吸了几口气才缓过来，那时她脑海里只有一句话：够了，该结束了！

第十三章

隐　忍

Fearfull child have faith in brighter days
Stay untill this darkness fades away
Life's still beside me
I hold you now I hold you forever
恐惧的孩子在晴天有自己的信仰
他们一直在这里，直到黑暗逝去
生命仍在我身边
我拥着你，永远拥着你

但小莲知道这一切结束之前，自己还有更重要的事情做。小莲到了公司后，马上去敲K姐办公室的门，K姐不在，小莲就坐在K姐办公室的沙发上随意翻着杂志消磨时间。K姐进办公室的时候已是中午，看见小莲表情严肃正襟危坐着，吓了一跳，K姐连忙关上办公室的门，问小莲："这是怎么了？刚哭过？"

小莲愣了一下，连忙笑着摇头，心想难道自己的脸真有那么难看吗？ K 姐拉了张椅子过来坐在小莲对面，安抚似的对小莲说：“那你说说吧，到底出什么事儿了？”

“嗯，K 姐……”小莲想着如何措辞，但聪明如 K 姐，还不如有话直说好，“你知道咱们公司实习生的事儿吗？”

“实习生怎么了？”K 姐警惕地看着小莲，小莲好像抓到救命稻草了，显然 K 姐不知道实习生的事情，小莲连忙一股脑把事情全部说了出来：

“k 姐，我昨晚加班到深夜，看到我们组的客服实习生琳琳在工位上抹眼泪。我跟她聊了好久，她说她在公司工作一年多了，HR 却找各种理由拒绝给她转正，每月只给她 1500 的工资，她还说有很多跟她一样的实习生，他们都生活的很辛苦。K 姐我头一回听到这种事情，太恶劣了！ K 姐请你提醒一下 HR 吧，不要这样过分啊。”

看着小莲愤愤不平的样子，K 姐忍不住笑了，她拍拍小莲的肩膀，坐回办公桌上边整理文件边说：“莲啊，别管别人的事了，管好自己的吧。对了明年应该就会有职位的调换了，那时肖清升为创意群总监，我们都会推荐你当创意总监，你自己也努力吧，下半年干出几个漂亮的单子来。”

小莲没想到 K 姐这样不关心此事，在她心里 K 姐和自己是一样的，坚强勇敢，遇到这世界不公平的事情敢于挑战。K 姐也许比自己更明事理，但在小莲看来对现实的妥协有时是一种懦弱，小莲激动地站了起来，双手撑着 K 姐的办公桌，她急的浑身发抖，现在她只想把面前这个曾和自己掏心掏肺的人拉到自己的战壕。

“K 姐，你曾说最喜欢我的敢想敢说，我敢肯定面对这样的事情你也觉得愤怒，在这个公司我比你差远了，你为这个公司卖了 10 多年的命，你更有发言权。求你去找 HR 谈谈吧，就算无法完全扭转这个事实，稍微改善一下也好，我真的不忍心看到这些有梦想的孩子们过早看清这个世界的险恶。”

“这个世界就是这样的，小莲你怎么还不明白？”K姐不再笑，那是小莲第一次看到K姐对自己这样严厉，“你省省吧，给人留一条活路，我相信HR也有难言之隐，他们也是靠绩效说话，你不要再参与这件事了。你如果非要探讨公平的话，你就想想那些实习生的能力，他们是很努力工作没错，但是他们没有一个人有超凡的才华，如果真是那种能力超群的人，我相信公司一定生怕他跳槽。你一定要知道这个社会的规则那我告诉你，光努力成不了事，有些东西是天赋，是命。”

小莲不说话了，她死死盯着K姐，仿佛不认识这个女人一样，这次她知道自己唯一的靠山没有了，但是她不想放弃。她仍想尽力说服K姐：“K姐，他们不应该受这样的待遇，他们的付出应该有回报……”

K姐不耐烦地打断小莲说：“好了好了，莲，我警告你，你不要再掺和进这种没有意义且没有胜算的事了，做好你的本职工作，你如果执意与HR作对，恐怕收拾东西走人的就不是他们，而是你了。”

小莲不同意K姐的说法，她有一肚子话想对K姐说，她曾经想过命运这种事，自己得出了人算不如天算的结论。可这次不同，这次的事情完全是人为的，是只要有人坚持就一定会改变的，不像小姨，小姨的车祸才是命，是自己无论如何也改变不了的事实。就算时光可以倒流，她面对自己的童年，面对小姨临死前绝望无助的眼神，就算自己有可以感动天地的坚强和勇敢，她也只能做个手无缚鸡之力的旁观者。想到小姨，小莲又开始头晕，她白皙的额头沁出细密的汗珠，她使劲撑着桌子保持着平衡，她怕就这样晕倒在K

姐的办公室里，这样她就输了，可她不能输。

小莲最后看到的是K姐惊恐的样子，K姐冲过来抱住小莲，她似乎在向外面喊人，然后无数的人们冲了进来，有的抱住小莲，有的袖手旁观，那些人们冰冷，就算那几双托起小莲的宽大的手掌也让小莲感受不到丝毫的温暖。她曾想自己是不是就这样死了，死前看不到这生的挚爱，看到的只是一些事不关己，还非要表现出体贴的人们，就像小姨一样。

小莲醒来时躺在医院洁白的床单上，旁边的李君生不停地搓着手，小莲动了动嘴唇，想叫一声李君生，却发现自己一点力气都没有。她看到自己的手背上插着针管，再抬眼看看自己头顶上的输液瓶，这才明白自己被送到医院输液了。

李君生看到小莲醒来，连忙关切地问小莲感觉好点没，小莲点点头。李君生说小莲是低血糖，这段时间太累了，精神压力大，又不怎么吃饭才会在公司里晕倒。小莲听到李君生的声音，觉得身体舒服了许多，力气也恢复了些，她问李君生是谁把自己送到医院的。李君生说是一个短头发的女人，矮个子，体型微胖，穿套藏蓝色的职业套装，风韵犹存，小莲知道是K姐，她苦笑了一下，K姐其实还是关心自己的。

输完液小莲已经完全恢复了体力，她依偎在李君生身边，觉得不管怎样自己还是幸福的。K姐给小莲打了电话，说她已经帮小莲请了几天病假，让小莲好好在家休息几天，工作固然重要，但不能拼命。小莲在电话那边拼命点头，泪水已经浸湿了眼眶，他们两个谁都没再提公司实习生那件事。

小莲一回家李君生就忙开了，忙着帮小莲铺床盖被子，小莲执意要躺在客厅沙发上，李君生又跑上跑下地拿羊毛毯给小莲垫在身子下面。安顿好小莲，李君生就冲进厨房嚷嚷着要给小莲炖鸡汤补补，小莲满心都是甜蜜。她看看周围，觉得今天难得的清净平和，好像屋子里少了点什么，小莲想半天才想到是少了 Amanda。Amanda 一般都会蜷缩在沙发的某个角落，除了睡觉她很少回自己房间，她像一只猫一样盯着门口，只要小莲一推开房门就迫不及待地扑过去。可 Amanda 今天不在，空气中没有了那种紧张的让人神经崩溃的气息，小莲曾在这样的氛围中生活了一年多，她从未奢望过今天这样的安静。

“君生，你妹妹呢？”小莲决定还是问问。

李君生从厨房走出来，神情紧张，小莲有不好的预感，想坐起身来，李君生连忙跑过来让小莲躺下。“她，她去朋友家了……”李君生不会编谎话，小莲知道他在骗自己，有些生气。

“君生，你告诉我实话，你妹妹怎么了？！”

“她……”李君生叹了口气，“我不知道她去哪儿了。”

小莲睁大眼睛。

“我今天早上和她吵了一架，在我去厨房倒水喝的工夫，她就溜出去了，我不知道她去了哪儿，我找了她一上午也没找到，她也没有手机……”

“天啊……”小莲失声叫道，“这么大的事儿你怎么不和我说，快报警啊！”小莲又急又气，她四肢乱蹬乱打着，薄被也被甩到了地上。她气李君生的不成熟，Amanda 再不让人喜欢，也是李君生的妹妹，一个大活人失踪了李君生还能这样的事不关己。李君生使劲抱着小莲，他不明白小莲这么小的身躯怎么有这样大的爆发力，他思维远没有小莲的复杂和敏感，无法理会真正让小莲心寒的是什么样一种东西，他还以为这是小莲的善良在作祟，随即他将小莲的头埋在自己的胸怀里，小声的，像哄小孩子一样安慰着小莲说：

“乖，你先好好休息，我出去找她，不行就报警，但你不要再操心了，等你醒来我就把她带到你面前。”

小莲只得安静地躺下，毕竟现在她除了相信李君生没有别的办法了，她太累了。现在她只想让身体尽情的沉在松软的沙发里，她还在想着如果自己的身体好些，一定陪李君生一起去找 Amanda，然后好好和 Amanda 谈谈，谈一个万全的，大家都不会受伤的办法，毕竟小莲太累了，她不想再玩这种无谓的游戏。

小莲醒来时，天已经蒙蒙亮了，她摸到手表看到指针指向 6 点，她想着起来做早饭，然后三人一起吃了后自己去上班，可是小莲突然想到自己正在休假期，所以这些程序是不是可以不用操心了。

她习惯性地伸手摸向右侧，那边的床上空空如也，小莲猛地一下坐起来，右边的床铺还如没睡过人一样整洁，李君生一晚都没回来。这时小莲的记忆才回来，昨天那些冲突、病痛、她不愿想起的、她想要解决的仿佛约好了一样同一时间回到她的大脑里，充斥着她身体的每个细胞。她才想起自己睡了一个下午和一个晚上，Amanda 失踪了，李君生出去找她了，小莲越想越担心，她拿出手机，里面并没有任何未接来电或未读的短信，小莲只得披了件衣服下楼。

小莲在楼梯口看到了憔悴苍白的李君生，李君生似乎一夜没睡，眼圈红红的，头发凌乱，满脸胡楂。小莲以为自己看错了，印象中的李君生是英气逼人，永远西服笔挺，头发梳的一丝不苟，脸上光洁的一根细小的胡楂都没有，小莲不知道李君生怎么变成了这样。

小莲控制不住地去拥抱李君生，还没来得及安慰李君生，小莲自己先哭了出来。但她死咬着嘴唇不想让李君生知道，本来小莲下定决心安慰自己深爱的男人，却被李君生用双手反复摩挲着后背，温柔地说："莲，放心吧，Amanda 没事，她现在住在我妈妈那里，让她换个环境，我们也确实需要一些两人的空间了。"

小莲不住地点头，李君生抱着她走进房间，轻柔地放在卧室的床上，他们就那样相拥而眠，单纯得像两个刚出生的婴儿。不知道睡了多久，小莲只觉得做了无数个绵长却浪漫的梦，梦里有海，有沙滩，有昏黄的夕阳，就像自己置身在 *san toi ma mie* 那首歌里一样，小莲的梦里有一望无际的蓝的好似宝石的大海，这样小莲觉得自己像在羊水里一般温暖安全。等她醒来时，李君生也正睁着眼睛看着他，好像他们刚相恋一样，怎么也看不够彼此，已经忘却了外边的天色，李君生对小莲说："莲，早安。"

那几天的休假小莲觉得仿佛置身伊甸园，李君生也请了几天假，在家专心陪着小莲。他们不怎么出门，外面的世界太过纷扰，还是这个两层楼的小别墅清净。他们买菜做饭，一部一部地看电影。这几天这个城市进入雨季，虽是夏季却阴冷潮湿，晚上他们就伴着雨声喝红酒谈天，谈以前的日子，谈梦想，小莲觉得好像又回到了刚与李君生熟识的时候。

不下雨的时候，他们就坐在小花园里的那棵丁香树下，小莲心疼这棵丁香树，觉得自己忽略它太久了。李君生虽不喜欢植物，但也懂得小莲的这种感情，毕竟这样一棵小小的树，承载着小莲的整个童年和青春。

那棵树长的并没有红宝石庄园里的那棵结实，也没有小时候四合院里的那棵妩媚，小莲想这和环境很有关系。红宝石庄园在郊区，空气水土都要比市区里的好，四合院更不用说，树是借着人与地的精气神儿长起来的，原先胡同里永不透亮的灰色格调更是令丁香树平添一份婀娜。可李君生的家在这个城市最繁华的地段，树汲取不到天然的养分，自然也长的蔫儿，可小莲不在乎。她觉得仿佛这就是自己，年龄越大，那些天然的东西越该抛弃了，小莲不由自主地想起 K 姐。

明天就上班了，公司里还有一堆复杂的事情等着自己处理，小莲觉得头疼。她有时想干脆和李君生隐居在欧洲的某个小镇算了，可是小莲的脚步停不下来，她觉得还有很多她没有做的事，她身上还有很多责任。

小莲向李君生提起公司那些实习生的事，不出小莲预料，李君生很同意 K 姐的观点，并极力主张小莲不要插手此事。李君生不是一个艺术家，甚至骨子里一点文艺的成分都没有，他是一个标准的商人，感情和公事分的很开，这点和苏铭不同。小莲觉得失望，心想还是明天写封信给苏铭问问意见比较好。李君生看出小莲的犹豫，深知这个女人是匹野马，真想做的事怎么也劝不回，于是李君生说：“莲，你去做你认为对的事吧，只是答应我，尽量不要让自己受伤害。”

那晚小莲想了很久，在过去的这几天，她曾不止一次产生过放弃帮实习生争取权益的念头，但她现在仍觉得自己不应该这样做，不然她不知道该怎样去面对琳琳，还有那些傻瓜一样为公司卖命的孩子们。

第二天上班，小莲直接找到 Jim，这个高颧骨满脸凶相的男人看见小莲过来，没有平时同事的寒暄，眼里充满敌意，他只是帮小莲拉了把椅子，自己则在小莲正对面坐下，冷冷地问："你有什么事吗？"

小莲觉得这种氛围和坐姿像谈判一样，让自己很不舒服，可是小莲想到一定不能退缩，于是小莲也换成一副公事公办的样子："Jim，你好，我是创意部的高级文案小莲，有些事情我想咨询你。前几天我听几个实习生说公司一直拒绝给他们转正，他们有的已经工作了一年多了，我想也许人事这边工作有疏忽，还请你多关照一下。有些实习生工作也很努力，我想这样对他们是不公平的。"

小莲说完这些话就后悔了，都怪自己太冲动，没有好好想措辞，Jim 在职位等级上比自己高出许多，况且 Jim 在刚才听小莲说话时脸已经一点点阴下去，现在他眉头紧锁，烦躁地翻着桌上几个文件，好像一秒都不愿看小莲。

"这件事和你有关系吗？" Jim 说。

小莲被问的哑口无言，她焦急地解释："虽然跟我没关系，但是……"

"好了。" Jim 不客气地打断小莲，"没关系的话就不要管，我一个人事部的负责人，恐怕没必要听一个创意部的人指手画脚吧。还有，我顺便提醒你，你的能力已经得到了大家的认可，Kris 和肖清都力挺你做你们小组的创意总监。可你别忘了，就算全创意部的人都同意，我只要不同意也没用，我可以找到很多理由阻碍你，所以，好好为自己的将来打算一下吧。"

小莲被气的说不出话来，只觉得血一个劲往上涌，她睁大眼睛看着 Jim，难以置信世界上还有这样不可理喻的人。可是越受打击，越能击发小莲的斗志，她那时就暗下决心，不管用什么手段，这件事情她管定了，她一定要 Jim 乃至整个公司给这些实习生一个说法。

小莲回到工位上，越想 Jim 刚才的嘴脸越委屈，她一直在想怎样才能找到比 Jim 这方面权力还要大的人，可惜在这样上百人的国际化大公司里，想要找到高级领导是多么不容易。那些助理已经层层把小莲的去路堵死了，小莲突然想到 Johan，可是让 K 姐联系 Johan 已经是不可能的事了，Johan 负责创意，人也比较开放，他的助理只是帮他打点一些日常的事务，小莲也经常看到一些创意部的年轻人去找 Johan 探讨问题，小莲在想是不是去找 Johan 比较好。

可是小莲不知道找 Johan 结果是什么，也许跟 K 姐一样，被数落一通后出来，小莲觉得自己是那么无助，原来自己比想象中的还要渺小，小莲趴在桌子上，想哭也哭不出来。

苏铭……

小莲仿佛沉进深不见底的海里，可是她还有苏铭，苏铭是她最后一根救命稻草，她才想到上次苏铭给自己写信以来，她还没来得及回苏铭。

小莲调整好心情，打开邮箱，又认真地读了遍苏铭之前的来信，便给苏铭回道：

苏铭：

抱歉前些日子没给你回信，公司这边出了点事，弄得我心烦意乱的，让你久等了，再次抱歉。

我没有丝毫怪你的意思，那些往事已经过去了，痛苦的悲伤的，我想我已经是时候全部把它们忘记了，希望你也如此。但我唯一不能忘的，就是那些我们共同拥有的珍贵的回忆，这是我人生最宝贵的财富，最近我突然想到一句话：留念，不留恋。我想形容我们的关系最合适不过，虽是两个这辈子都不可能有任何交集的人，但我们会为彼此在心里留一个位置吧。

在离开你之后，莫燃也找我聊过，那时我才正视我给你们带来的伤害，这些伤害是互相的，让我们彼此都宽容吧。对于我来说，你是我人生中最重要的一个人，是带我走进这个世界的人。离开你的公司之后，我确实经历了很多痛苦，我最爱的亲人小姨的离世，我曾经的居无定所，没有工作，现在我与爱人间无法逾越的沟壑，公司内部的不公，可是每个挫折我都挺过来了，我都赢了，不知不觉中我也变得更加坚强，这些都是你教给我的。

苏铭，不瞒你说，我现在也正面临着一个巨大的挑战，我发现了公司的一个漏洞，人事部恶意拒绝实习生转正，那些孩子们太可怜了，每月只能拿一点可怜的薪水，却敢怒不敢言。我想知道，如果是你，将会怎么做？将会怎么帮助他们？

好了，苏铭，我要继续工作了，我们下次再聊吧，很期待你的来信，如果可以的话，你也可以跟我讲述你不顺心的事，我也是一个很好的倾听者。

小莲

写完这封信，小莲觉得从未有过的累，她趴在桌上，想好好睡一觉。实际上这几天来，小莲一直处于昏睡状态，她沉溺于自己的梦中不愿醒来，梦里的幻影也拽着她令她裹足不前。这是一种可怕的惯性，仿佛习惯了一种状况就很难在脱身出来，又一次，小莲想就这样不去想不去管所有的事情，去给自己放一个长长的又舒适的假期，毕竟那些和自己并没有太大关系。

可是小莲知道这不可能，自己才休了三天假回来，要赶紧投入到工作当中去，她不想让人看不起自己，更不想让在乎自己的人失望。于是小莲马上抖擞起精神，打开公司邮箱，查看项目进展程度。

就这样忘了吃饭，小莲一直从早上忙到傍晚，一直到自己团队里的人走得差不多了。肖清是除小莲外最后一个走的，她走时拍了拍小莲的肩膀，有些心疼地对小莲说：别太拼命了，快回家休息吧。

小莲望着空空荡荡的办公室，觉得心中从未有过的失落，她盯着电脑屏幕看了好一会儿，直到苏铭的回信跳入眼帘。

小莲欣喜苏铭这么快就回信了，迫不及待地读起来。

小莲：

当看到你的回信，任何文字都无法描述我内心的激动，看到你所说的原谅和宽容，更令我觉得从未有过的幸福和安心。是的，就让那一切都过去吧，我开始了新的生活，你也有了让你坚持的梦想和爱情，为你高兴。

唯一令我不安的是，你说你经受过的那些痛苦，我从不知道你亲人的去世，还有你和你现在爱人之间的隔膜，我无法想象你承受的是怎样的痛苦，同时我也觉得上天的不公，让你这样一个善良的女孩儿经历这些，但我相信一切都会好起来的。那些过去，如果你愿意，你可以原原本本地告诉我，向我倾诉，当然如果你不愿意我也不会强求，你只要知道世界上有一个人，永远盼望着你好，永远为你祝福，我会用我的这些薄弱的文字去支持你，这是现今我唯一能为你做的了。

关于你说的你公司恶意拒绝实习生转正的事，说实话我之前有所耳闻，同样为这样的不公感到愤怒，我知道你一直是个爱打抱不平的人，可是你的正直会不会伤到你？这是我最担心的，就像那次你知道我们的客户出现了质量问题，你执意要求我们不再为其做广告，直到现在我也很认同你的做法，可是我想并不是所有人都像我这样。

我想你应该跟公司高层谈谈，毕竟以你现在的职位很难扳回局面，如果公司高层也不予回应的话，那最坏的打算只能是将RL公司告上法庭了，法律会给出公正的答案。但在没有山穷水尽的时候，我不建议你这么做，我认为你还是应该晓之以理，动之以情，就像当时说服我一样。

莲，真心希望你一切都好，如有任何困难或者疑惑，请及时告诉我，我也非常迫切地愿意知道这件事情的动态如何，总之不要轻举妄动，切记。

苏铭

读完苏铭的信，小莲觉得一块石头落地了，苏铭就是有这样能让人安心的功效，这短短几行文字像一针镇静剂，让小莲心里暖暖的。这几天的阴霾一扫而空，小莲觉得舒服极了，从而坚持下去的决心也更加坚定。那时小莲脑海里萌生一个念头，如果真到被逼的毫无退路的那一天，小莲只能采取法律手段了，虽然这件事跟小莲一点关系都没有，但她看不惯这世界的不公平，她一直在尽自己最微薄的力量改变这些，她也确实做到了很多。

之后的几天小莲一直在察言观色，表面上她努力完成手头的所有工作，写出的文案比之前有过之而无不及。在休息的时间，小莲就按照联络表上高管们的邮箱一个个给他们发邮件，邮件的内容当然是陈述实习生的事。小莲自知联系不到大老板，大老板的邮箱不会轻易陈列在联络表里，有的只是她们助理的邮箱，可那些总裁办的助理们让小莲心生厌恶，她们都背着名牌包化着精致的妆，一副拒人于千里之外的模样，可一旦大老板一出现，她们马上又谄媚得像哈巴狗一样。可是小莲不知道这个公司还有谁能在这件事上有话语权，她只能碰运气，可是发了二三十封邮件，一个星期过去了，一个回复都没有。

小莲开始绝望，难道真要用苏铭所说的最后的方法了吗？

工作起来的小莲像一台永不会停歇的机器，工作能让她暂时忘了生活中的所有，她忽略李君生了，她没有看出李君生这几天的犹豫。她只知道 Amanda 就像人间蒸发了一样，以前那个犹如潮湿植物般的幽灵，现在不知生长在哪个角落，小莲觉得，房子里已经很久没有那种阴冷发霉的味道了，好像 Amanda 只是她做的一场噩梦，人生没有那么多戏剧，有的只是平淡。

可是李君生的一句话把小莲拉回现实，那天小莲和李君生都难得早回家，他们做了晚餐，开了红酒放着音乐，放松地边吃边饮的时候，李君生对小莲说：“莲，我妈妈想见你。”

小莲吃了一惊，但直觉告诉她这一定不是好事，Amanda 离开后就一直住在李君生父母家，Amanda 和李君生是青梅竹马，家庭又如李君生一般显赫，怎么看两个人都是珠联璧合。而自己和李君生才认识不到 3 年，家中是最普通不过的工薪阶层，这是常人都觉得可笑的灰姑娘想嫁入豪门的梦，小莲知道自己在打一场毫无胜算的战争。

李君生安慰小莲："莲，你别担心，妈妈是通情达理的人，她一定会很喜欢你的……"

可是小莲看的出来，连李君生自己都不相信这句话，她才发现，为了公司里的那些事，她已经忽略李君生很久了。李君生这几天显得异常憔悴，原本白皙的面孔现在变得惨白，眼眶也深陷了下来，眼睛里有些血丝，小莲心疼地抱住李君生，不住地安慰着他："没关系，有我在，妈妈一定会喜欢我的，我们明天就去见妈妈。"不知不觉中，小莲已经把与李君生的爱情看得与事业一样了，这是需要奋斗到底的事，是需要自己拼命的事，但是努力了事业就会有结果，这千变万化的姻缘呢？

第二天小莲去上班，公司里已经炸了锅，几乎所有人都对小莲指手画脚的，小莲正纳闷，被迎面而来的K姐一把拽进办公室。

"你这是干什么！没事儿干是吗？没事儿干回家生孩子去啊，别在这儿瞎掺和！"办公室的门刚关上，K姐就劈头盖脸把小莲一顿骂。

小莲听得莫名其妙，心想难道是群发邮件的事情被K姐知道了？可小莲发邮件的时候已经很小心地把K姐跳过了。

小莲还想装傻，但聪明如K姐怎么会不知道呢，她也远没有想到这件事的严重性。

"这件事现在在公司闹的沸沸扬扬的。"K姐继续说，"你知道你造成了多大的影响吗？你自己数数你给多少管理级别的人发了邮件，你好好想想，他们每个人都专注于工作，有天突然在众多工作邮件中发现了这样一封邮件，你是想造反吗？这不是远古时期，造反还能混个英雄的头衔，现在人们只会当你神经病！人们看见你会像碰到瘟疫一样离的远远的，小莲，我要怎么说你才明白！收起你的英雄梦想吧，那些都太不实际了，你年龄不小了，是时候面对现实了！不要再幼稚了好吗！”

K 姐一顿狂轰滥炸，弄的小莲眼眶都湿润了，在小莲心中，K 姐是仅次于小姨和李君生的亲人，K 姐的话像一把把刀子一样在小莲心里割。但小莲仍倔强地仰起头，一点都没有认输的样子，直到现在她发现，自己的倔强是这么可怕，甚至会伤害到周围的人，或是让真正在乎自己的人担心。小莲也不知道自己从何时起形成了这样的倔强，可事已至此，她只能这样昂首挺胸地站在悬崖峭壁上，她在向这个世界挑战。

小莲不说话，那神情看的 K 姐都心惊胆战，K 姐语气缓和了下来，轻声劝慰着小莲：“莲啊，姐是为你好，你有才华，好好做你的事业吧，不要管那些人的事情了，那样做只会拖累你！”

小莲盯着 K 姐看了很久，缓缓说道：“K 姐，你说的对，我听你的。”K 姐难以置信，她从小莲的脸上看不到任何屈服，可那轻柔的几个字又不得不让 K 姐信服，K 姐知道小莲不想再说下去了，这个女孩儿让自己担心到极点，她也应该认输了。

K 姐想让小莲知道自己都是为了她好，之所以说那样恶毒的词语，只是为了让小莲醒悟，可是 K 姐不知道怎么做才能让小莲知道以她微弱的力量根本斗不过那些人。K 姐觉得小莲像极了年轻时的自己，骄傲而坚强，无所顾忌，K 姐不知道该欣喜还是心痛。

小莲从 K 姐办公室走出来，马上被 Jim 叫进了人事部，小莲深知 Jim 不比 K 姐，K 姐就算再生气也是自家人，而眼前这个冷漠自私到极点的男人则千方百计想让自己出洋相，小莲已经做好了准备。果然，Jim 刚安顿小莲坐好，马上直入主题：

“小莲，我就不跟你废话了，你应该已经知道了你给公司造成了多么坏的影响，我希望你能自省。关于你的过失，我们人事部已开会决定让你降职，由现在的资深文案降到文案，之前将你升职为创意总监的方案更是暂且不予考虑。我想告诉你的是，公司很少做给员工降职的决定，希望你好好反省一下。”

Jim 几句话说的明明白白，话里更是丝毫没有一点愤怒的成分，字句冷漠得像冰山，小莲再看 Jim 的脸，那双眼睛冰冷，下垂的嘴角严丝合缝地闭着。小莲曾想过 Jim 是没有表情的人，她没有看到 Jim 高兴过，生气过，悲伤过，或绝望过，或许这样事不关己的态度更是一种最深沉的不屑。

小莲不想跟这样的人多废话，脑海中那个念头慢慢浮出水面，她只知道自己绝对不能失败，这次不仅是实习生们的权益，更关乎自己的尊严，她不能让这些丝毫不懂人性中美好的人们把自己打败。小莲慢慢握紧拳头，她知道自己还有的是时间，再最后，她一定要打出漂亮的一击，她从不知道自己体内愤怒的因子会这样旺盛，小莲已经迫不及待想看到 Jim 惊慌失措的样子了。

“我知道了，Jim，这件事情以后再说吧，我要回去工作了。”这是小莲在公司对 Jim 说的最后一句话。

第十四章

顽 强

In every speck of dust
In every universe
When you feel most alone
you will not be alone
在每一个细小的微尘中
在每一个宇宙里
当你觉得寂寞
其实你并不孤独

已进入初秋，天渐渐的凉了，小莲走出公司的时候身上披了件薄衣。在这之前她在公司厕所的镜子仔细端详着自己，脸部已经被Jim折磨的扭曲了，她知道这不是真实的自己，那个几年前天真烂漫的女孩儿，那个曾经自豪地称自己为双鱼座，最无所顾忌的年轻人，仿佛和自己一点关系都没有了。

于是小莲洗了把脸，又重新勾勒了眉线，画了嘴唇，这让刚才那张惨白的脸上有了些生机。小莲不急着离开，她对着镜子轻轻哼唱着那首*sans toi ma mie*，忘情时竟闭起了眼睛，全然不顾有人从她后面经过，她脑海里仍是那片昏黄的海滩，她曾想在那样的海边举办一场婚礼。

她知道她一定能做到，所有的梦想她都能实现，所有的美好，那些曾经失去的、错过的，她都能重新拾起，她就是抱着这样一种信念一直坚持到现在。想起这些，小莲的嘴角轻轻上扬，她情不自禁地微笑着，看着镜子中那张仍清秀美丽的脸，她心想：这就对了，这才是自己。因为小莲晚上有更重要的事情，她要和李君生一起去李君生的父母家。

和李君生约定的时间还没到，小莲到附近的超市买了水果，又到花店买了鲜花，这才看见李君生的宾利缓缓驶向自己，小莲上车，李君生第一句话便是："莲，你今天怎么这么美。"

从小莲的公司到李君生的父母家，两人始终拉着手，好几个转弯小莲试图推开李君生让他好好开车，但李君生只是把她的手握得更紧。小莲放心了，她一直都知道，李君生不是苏铭，也不是小姨，更不是给了自己最初的伤痕的母亲，李君生才是那个永远都不会离开自己的人。

李君生的父母家在这个城市最著名的别墅区，这个名字小莲如雷贯耳，以前却从不奢望能住进来哪怕是溜进来看看，别墅区门口巨大的如古罗马时期的雕塑时刻提醒着路人这里的尊贵。红宝石庄园于这里俨然是天壤之别，李君生绕着门口那个巨大的喷泉绕了半圈，慢慢左拐，直到停到一栋别墅楼下。

这栋别墅像城堡一样，小莲惊讶地看了半天，她知道那些有钱人享受着别人想都不敢想的生活，但这明显超出了小莲的想象了。

李君生拉着小莲走到门口，按响了门铃，小莲紧张得不得了，但她知道李君生比自己更紧张，因为握着她的那双手全是汗。

开门的是一个文质彬彬的中年男人，休闲装扮，却极其有品位。男人的头发用发胶抹的一丝不苟，脸上有淡然的微笑，小莲马上反应过来这一定就是李君生的父亲了，刚要开口叫伯父，男人马上说：“君生，回来啦，这位一定就是小莲小姐吧。”男人优雅地鞠了个躬，对小莲伸出一只手：“您好，我姓王，是这里的大管家，小莲小姐，欢迎光临。”

小莲差点晕过去，连一个管家都气度非凡，小莲立马想到豪门二字，她把右手递给管家，管家在小莲手背上轻轻一吻，并引领他们换鞋，进入客厅。

这栋豪宅的奢华程度更不用多说，小莲只看的头晕眼花，每个细节都如精心雕琢过一般，甚至小到一个烛台，一个杯子似乎都价值连城。小莲在这房子里走的小心翼翼，生怕碰坏了什么自己赔不起。王管家带他们走到客厅，小莲只觉得穿梭了无数个走廊，甚至觉得如果剩自己一个人在这儿一定会迷路。李君生看着小莲惊慌失措的样子，觉得小莲十分可爱，打趣道：“莲，别这样，这比欧洲那些古堡差远了吧。”

王管家安排李君生和小莲坐到沙发上，小莲看着沙发底下铺着的名贵的羊毛地毯，轻轻脱下鞋走上去，直引来李君生一顿大笑，他告诉小莲这些拖鞋都干净得很，上地毯的话根本不用脱下它们。小莲自觉现了眼，红着脸坐在沙发上。马上有两个用人样子的女孩儿上前递上水果，小莲担惊受怕地马上接下水果的盘子放在茶几上，李君生又是忍俊不禁，忍不住又开着小莲的玩笑：“你不要老亲自动手吧，这些盘子摔了你可赔不起啊。”小莲凝视茶几上几个瓷盘，认真估算着它们的价格，回头看着李君生已经忍不住的笑脸，生气地用拳头捶着李君生的肩膀，两人正闹着开心的时候，只听站在旁边的王管家咳了一声，从楼梯上下来一个女人。

那女人气质优雅，衣着名贵，看似人过中年脸部却光滑细致，从她脸上不服输的神情和眼中的些许沧桑和世故看出了她岁数应该不小了，女人盘一个发髻，像极了各种文学作品与影视作品中描述的富太太，小莲暗暗确定，这一定就是李君生的母亲了。果不其然李君生起身，叫了声妈妈。

小莲也连忙起身，笑着叫阿姨，这时王管家拿来小莲买的那束鲜花，小莲说："阿姨，这是送您的鲜花，小小礼物，不成敬意，还望阿姨喜欢。"小莲知道这个女人是今晚的关键，于是她笑得格外灿烂，眼里揉进几抹柔情，嘴也像涂了蜜那样甜。没想李君生的母亲只是轻轻闻了下鲜花，便要求王管家把花插在过道的花瓶里，没有丝毫哪怕是颜面上的感激。

小莲尴尬，站也不是坐也不是，李君生的母亲坐下，小莲才敢坐下，李君生的母亲对小莲说："小莲，早听说过你，我叫薛蔓，是李君生的母亲，你叫我蔓姨就行了。"几句客套话也说的不疼不痒，小莲不由得佩服起这位阔太太的本事，拒人于千里之外又不失礼貌。"蔓姨，君生也经常向我提起您，没想到您这么年轻漂亮，非常高兴认识您。"小莲说得很真诚，一双大眼睛忽闪着看着薛蔓，小莲知道，这时候真诚与温柔是最有力的武器。不知何时，小莲已经把这一场场女人之间的较量想象成战争了，只是没有硝烟而已。令小莲措手不及的是，薛蔓听到小莲的恭维只是轻点了下头，并没有接话，甚至不再看向小莲，好像一点都不愿与小莲交谈下去。薛蔓把注意力放在李君生身上，问李君生的工作情况，生活情况，小莲像个局外人一样被晾在一旁。

就这样一个小时，小莲坐在一旁听着这两个人聊着自己完全不了解的东西，她能做的最多的就是在旁边微笑，直到最后，薛蔓漫不经心地说：“君生，上楼看看你父亲吧，他在书房。”小莲知道薛蔓要和自己单独谈话了，李君生走到楼梯口，薛蔓补了句：“Amanda 在 3 楼她自己的房间，你也去看看她吧，她很想你。”

李君生走后足足有 10 分钟，薛蔓只是十分优雅地品着香茶，她甚至看都不看小莲一眼，小莲想着怎么能挑起话题，但想来想去还是不开口比较好。李君生走了，气氛一下变得尴尬了，还有几分敌意，其实小莲早知道，薛蔓对自己没有任何好感，她恨不得马上把自己扫地出门，这从薛蔓看小莲的第一眼就能看出，那眼睛里已不是骄傲那么简单，是鄙视和嫌弃。

“小莲，”薛蔓终于开口了，“你在广告公司工作对吗？做什么职务。”

“做文案。”小莲回答的没有底气，她想到自己刚被 Jim 降职的事，满肚子的委屈，可她不能在薛蔓面前表现出来。

“你和李君生在一起多久了？”薛蔓仍不看向小莲。

“我们在一起两年 9 个月了。”

“好。”薛蔓放下茶杯，仰起头看着小莲，“那今天就是你们的分手纪念日，你们分手吧。”

凭什么？小莲在心里喊着，她惊讶看似教养这么好的女人竟能直接提出这样不通人情的要求。其实不被薛蔓接受是小莲早想到的，可她原以为薛蔓会说的婉转一些，小莲不想放弃，她说：“蔓姨，我和君生是真心相爱，君生是个有责任心有上进心的男人，我很欣赏他。我有自己的梦想，有自己的事业，我们在一起只会互相帮助，不会互相拖累，我并不是那种一心一意想嫁入豪门的女孩儿，君生明白这些，所以他也支持我自己奋斗。我们是因为爱，因为信任而走在一起的，请蔓姨理解我们，也希望蔓姨能成全我们。”小莲觉得可笑，为了得到这个贵妇人的认可，连成全这样的旧社会词汇都用上了。

很显然薛蔓并没有被小莲打动，她脸上有的仍只是清高和优雅，小莲其实知道，薛蔓已经打定主意了。

“小莲，现在说这些都没用了。”薛蔓说，“我承认你是个好姑娘，你勤奋努力，又善良真诚，只无奈你天分不足，认命吧，这真的是命。你跟我们家君生不合适，你也知道 Amanda 和君生是青梅竹马，Amanda 的父亲和君生的父亲也是至交，他们本来就应该结婚了，如果没有 Amanda 父亲去世的那件事……哎。”薛蔓叹了口气，她看起来很悲伤，但小莲不知道这种悲伤是不是演出来的，“小莲，请你也理解我们吧，请放过我们家君生，当然，你要钱的话，多少钱我们都可以给你。”

听到钱这个字，小莲马上像受了伤的刺猬般警觉地瞪圆眼睛，她觉得薛蔓在亵渎她和李君生之间的感情，她不敢想象李君生听到自己的母亲说出这些话时的痛苦。她紧咬着嘴唇，告诫自己不要发作，不要哭出来，就算输也要输得漂亮，小莲深吸一口气说：“蔓姨，请你以一个母亲的角度好好为君生想想，你觉得这样他会幸福吗？请你不要把上一辈人的愿望强加在他身上……”

“够了！”薛蔓生硬地打断小莲，那些优雅再也不见，只剩一副狰狞的嘴脸，“以我的角度来想，你们分手是正确的，君生应该跟 Amanda 在一起！”

薛蔓盯着小莲，一字一顿地说，小莲觉得此刻的薛蔓比

Amanda 还要让人害怕："让我告诉你什么是以父母的角度来想问题，Amanda 的父亲同李君生的父亲一样，都是行业的大鳄，你以为 Amanda 的父亲去世了他们就家庭败落了吗？你太天真了，Amanda 的家族企业是不会因为任何一个人的身亡而消失的，也许会有些影响，但现在已经过去那么多年了……Amanda 的家族需要与我们的家族联手，才能处于不败之地。"

"你觉得在这样残酷的商场，你们那些小情小爱还重要吗？你要知道但凡营业额大幅度削减，有多少人会被辞退，又有多少人会因为这个导致妻离子散？你一定没想过吧！我和君生的父亲，我们早晚会死的，我们如果不尽可能给君生创造一个好的环境，那么我们死后君生怎么办？这就是为人父母的立场！"

这些都太突然了，小莲确实从没想过这些，她的脑袋里一片空白，像塞了一整团棉花一样无法流动。她没想到自己的存在给李君生的未来造成了那样大的影响，不，不仅是李君生，按照薛蔓说的，还有成千上万的老百姓，她从来没觉得自己是这么多余，又是这么卑微，卑微到连一份最平凡的人该拥有的爱情都承受不了。可是李君生呢？这个自己最爱的男人，他和苏铭不同，苏铭是带着自己进入这个世界的人，而李君生给了小莲实实在在的爱情，那些温暖触手可及，甚至昨天小莲还觉得拥有这些是理所当然的，可她现在发现了自己的罪恶。

但是她不能离开李君生，她有过承诺，她要为这段感情奋斗到底，承诺的力量在小莲看来比天还要大，比泰山还要重。她不能想李君生难过的脸，一想心就像被扔进深海里的食物，被游过的鱼群撕咬得粉碎，她想让李君生快乐，她知道一定有一个办法，让李君生免去失去自己的痛苦，可是她知道该是时候自己离开了，是时候抛去所有了，既然一无所有，便毫无顾忌。

小莲不回答薛蔓的话，她眼里已有了泪水，那些泪水像丁香花瓣上的露珠一样透亮。她缓缓起身，好像在完成一个庄严的仪式，她感觉自己的身体有千斤重，不仅承载了自己的所有感悟和梦想，更是寄托着李君生的希望和爱，她觉得这些自己已无法承受了。于是她跪了下来，双膝着地的时候她感到一种释然，更有一种接触到大地的安全，她不知该说什么，只是支支吾吾地吐出几个字："求求你，不要让君生不开心。"小莲看到薛蔓惊诧的样子，她知道这场战争她还是赢了，只是耗尽了她所有的青春。

小莲到李君生家里收拾了自己的东西，把钥匙放在茶几上，她没有留一封信，手机一直是关机，她觉得已经没有必要再对李君生说什么了，什么语言都是那样苍白无力。

她仔细看了这个家的所有，妄图把它刻在脑海里，她知道这也许是她最后一次来这里了。走出家门后，小莲来到丁香树下，这是她最舍不得的，小莲自己家的小区不能种树，她不知道何时能拥有只属于自己的那棵丁香树。这棵不是，这是李君生送自己的，该是时候放弃了。

小莲感谢李君生一直帮自己付着原来房子的租金，让她不至于现在无处可去。这时候回到家中，好好泡一壶热茶给自己，恐怕是小莲最渴望的了。她离开薛蔓家后到现在一直没有哭，不是不想哭，只是她一个劲儿告诉自己，现在不要哭，要哭就到自己家里哭个痛快，小莲就这样一直忍着，直到忍成了习惯。

小莲回到自己的家里，彻底地打扫了一下房间，虽然累的满头大汗，但看着整洁的房子，小莲觉得心情好了很多，她把自己埋进沙发里，开手机，然后盯着屏幕看了很久，也没有短信跳进来，她不知道自己在等待什么，这不就是自己想要的结果吗。

也许李君生还没有回家，也许李君生并不知道小莲所做的一切，小莲又希望李君生来找自己，又害怕，她怕这种绝望的毫无结果的纠缠。她也不知道薛蔓最后跟李君生怎么解释自己的离开的，可这些问题太困难了，搅的小莲头晕眼花，她躺到床上，想好好梳理一下刚才发生的，想着想着，小莲看到窗外的天边泛起了鱼肚白，而自己的手机却迟迟不响，再后来，小莲睡着了。

小莲醒来时已经是下午，她睁眼后第一件事就是看手机，仍是没有李君生的任何消息，她再看时间，已经下午两点了。小莲不知道为什么睡了这么久，以至于完全忘了自己是个有工作的人，可是公司也没有任何人询问小莲的情况，她觉得像被隔离了起来，所有人都把她遗弃了，小莲再次觉得自己已经一无所有，没什么可以失去的了。

既然公司不关心小莲的去向，小莲就自动给自己放了假，她想去看看小姨，于是出门坐车前往墓地。小姨的墓还是一如既往的干净整洁，这以前小莲一有空就给小姨扫墓，陪小姨说说话，只是这之前每次都有李君生陪着，现在只剩了小莲一人。

让小莲惊讶的是，墓前放了一束百合花，花瓣上还带着水珠，一看就是新鲜的，今天一定还有人来看过小姨，也许就在刚才，也许那人刚走不久。小莲想可能是李君生，可是也许现在还不明真相的李君生怎么可能在上午来小姨的墓地呢？况且送花不是李君生的风格，李君生不喜欢植物，甚至觉得那些花束矫揉造作，小莲觉得还有可能是母亲，毕竟小姨没什么朋友，除了她以外知道这个墓地的应该就只有这两个人。

小莲在墓前坐了很久，她想有个人能陪自己说说话，她想到米菲，可自己已经跟米菲很久没联系了，她又想也许自己再坐一会儿母亲就会回来。恍惚间小莲觉得回到了小学时，她坐在四合院里看着周围的盆栽，边想心事边等着母亲回来，那时母亲经常很晚才到家，小莲等到困的不行了才回屋睡觉。那时小莲就尝到了等待的滋味，那滋味能摧毁任何一个意志坚强的人。直到天色将晚，小莲不得不离开，她坐车回家，又是那样无所事事地躺在沙发上。

可是总得做点什么，小莲觉得自己还有没完成的事情，还有需要她的人，毕竟自己已经一无所有了，不怕放手一搏。

几个星期后，一纸法院的传单送到 rl 公司人事主管 Jim 手里，小莲把 Jim 以及 rl 公司告上法庭。

小莲永远不会忘记法庭上 Jim 那张令人生厌的嘴脸，Jim 想尽办法编造了各种谎话逃脱责任。那段时间，小莲没日没夜地看各种法律相关的书，与律师开会，小莲觉得开创意会都没有这么用心过，可是各种努力都没有白费，小莲成功了，最终这场官司赢了。

官司赢了那天，小莲像虚脱了一样，整个人瘫在椅子上半天起不来，高兴以及兴奋已经不能形容小莲内心的情绪，她觉得自己完成了一项使命，好像打赢了人生中最重要的一仗。小莲自知不可能再在 rl 公司工作下去，主动收拾东西走人，走的那天她没有主动找 K 姐或肖清，其实对她们两个人的感激一直都在，只是小莲觉得自己需要一点时间，让人生重新步入正轨，小莲要找一份很好的工作，要跟过去的老朋友重新相聚，如果可以的话，小莲想谈一份简单的恋爱，没有隔阂，没有阻碍，两人能执子之手，与子偕老。

小莲离开公司的那天，琳琳带着所有在官司中受益的实习生送小莲，他们现在已经全部转正。小莲看着那一张张单纯的小脸，哭的一句话都说不出来，琳琳抱住小莲，不停说着谢谢，一时那句“谢谢莲姐”此起彼伏，小莲觉得自己要被这些声音淹没了，这是她最幸福的时刻，比任何恋爱都要幸福，她觉得自己所做的都是值得的。

实习生们一直送小莲到坐上出租车，全程他们都把小莲当英雄一样保护着，追捧着。小莲才知道自己做的这件事的意义，不仅仅是帮实习生争取到了权益，她用自己的行动告诉这些涉世未深的年轻人们，她强大到可以改变命运，只要努力，这个世界终究会回归美好，她能做到的，所有人都能做到。

小莲拥有了太多的赞美和认可，可是她知道，关于自己，还是有很多事情没有解决。这段时间李君生还是没有跟自己联系，李君生已经彻底从自己的世界里消失了，那几年的美好，那些相濡以沫都成了泡影，小莲必须亲手摒弃掉这些已如鸡肋般的甜蜜回忆。

小莲不急着找工作，想趁这段时间好好修整一下，存款小莲有一些，她想去旅游，想去丽江晒太阳喝咖啡，她想对自己好一点，想去享受生活，也许在那个浪漫的城市还能邂逅一段爱情。于是小莲给自己订了去丽江的往返机票，也订了客栈。整整一个月，小莲都可以什么都不用想，她所要做的就是喝着咖啡发呆，还有彻底地放松自己。

就在去丽江的前一天晚上，小莲早早躺在床上想睡个好觉，有人敲门，小莲以为是邻居或者促销人员，她起身开门，却发现李君生站在那里，像一只受了伤的小动物。

小莲连忙拉李君生进屋里，这样一个失踪了几个月让小莲朝思暮想的人突然出现在小莲面前，让她有点接受不了，她对他有怨恨，她一直生气李君生的窝囊，甚至连说句再见的勇气都没有。可是她真的看到了李君生这个人，以往那些柔情又全回来了，她心疼李君生，看着李君生哭红的眼眶她痛到了心底，现在她只关心李君生到底发生了什么，甚至想到能帮忙的自己一定尽力。

李君生坐在那里发了半天呆，任凭小莲怎么劝都不说话。他木讷地转头看向四周，眼光停在小莲已经收拾好的行李箱上，李君生马上警惕起来，问："你要去哪儿？"

小莲说："去丽江，想去旅游散散心，去一个月就回来，君生，你告诉我，到底发生什么了？"

接下来李君生说的话让小莲久久不能平静，小莲没想到这么多戏剧的事情都在自己的周围发生，她甚至感到是上天一直在跟自己开玩笑。李君生说："Amanda 死了。"

Amanda 是车祸身亡。李君生说那天小莲走后，他一直住在父母家，薛蔓是个掌控欲极强的女人，她看出了小莲的自尊心强，不会主动联系李君生，于是她把小莲的一切联系方式从李君生那里删除，时刻监视着李君生不让他去找小莲，李君生就这样和这两个可怕的女人在一起生活了几个月。李君生不同意娶 Amanda，甚至不愿意跟她住一个房间，可是 Amanda 自我感觉势在必得，也没太与李君生争吵。可是那天 Amanda 看到李君生的钱包里放着小莲的照片，并且偷看到了李君生看照片时心碎的模样，Amanda 一下子爆发了，她与李君生一顿大吵后跑出了家门，李君生出去找，却发现 Amanda 在离家不远的一个十字路口被一辆大货车撞倒在地，血蔓延在她周围，后医务人员到场诊断当场死亡。

李君生结结巴巴把这一切讲完，小莲已惊得目瞪口呆，不得不感叹造化弄人，可她最担心的是李君生，她知道李君生的善良会让他把这一切都怪罪在自己身上，可她无法劝服李君生，只能陪着他一起难过。

李君生告诉小莲他要离开中国了，他要去澳大利亚那个一年四季都温暖的国家，他想把一切伤心的事都留在中国，开始一段新的生活，工作他已经找好，也许不是薪水可观，但足够他在那里过上很好的日子。小莲很伤心，她知道在李君生对未来的规划中没有自己，他甚至都没有问一句小莲要不要一起去，曾经亲密无间的两个人即将相忘于江湖，小莲讨厌一切的别离，因为这样她觉得自己被抛弃。

可是这次小莲没有哭也没有闹，她一整晚都没有睡，看着李君生在自己怀中的睡脸，小莲怎么也哭不出来。小莲奇怪为什么在实习生面前那么轻易就出现的眼泪现在却一颗也掉不下来，她体会到了心死的滋味，可是她要忠于自己的承诺，她会给李君生尽可能多的陪伴。

第二天小莲退了丽江的机票和客栈，接下来的几天她一直忙着办澳大利亚的签证，她从没想过挽回她与李君生的感情，但她起码能在李君生最需要的时候陪伴他一段时间，不管是在中国还是澳大利亚，不管是地球的哪个角落，小莲知道，这段旅行过后，她和李君生都要各自开始一段新的旅途了。

在澳大利亚的日子小莲觉得轻松和幸福，他们像背包客一样走遍了澳大利亚的每个角落，整整一个月，他们不停地看着、走着，那些西洋味道十足的洋房，干净整洁的街道，澳大利亚独有的天然美景，热情好客的本地人民，都是小莲最美丽的回忆。

小莲和李君生绝口不谈 Amanda，也不谈之前共同经历过的所有，更不谈未来，但小莲知道她已经放下了，李君生一定也是。只是他们还没有勇敢到把他们的经历来作为谈资，也许多年以后他们再相见的时候，想起年幼的荒唐事，他们可以互相打趣，但绝不是现在。

他们在悉尼情人港看烟火，那里有很多甜蜜相拥的爱侣，小莲也将头放在李君生的肩膀上，看着布满繁星的夜空中蹿起的那一缕缕灿烂的光亮，每一束烟火升起，人群就欢呼雀跃，小莲也像个孩子一般跳着鼓掌。他们还去黄金海岸，那片沙滩明媚鲜艳，日照十足，灿烂到能扫清所有人的心事，海和天是一个颜色，都是让人耀眼的纯蓝。小莲想起*sans toi ma mie*那首歌里的场景，也是一片沙滩，但小莲知道绝不是这里，小莲一直想找到那个能带自己找到那片沙滩的人，但最后，也许那个人只是小莲自己。

他们还曾手牵手于深夜在布里斯班的街道上散步，这个小巧的城市没有繁华的夜景，却难得一片静谧，他们走在那些弯弯曲曲的街道上，周围的路灯映衬着他们，还有那些如辰星般零零点点坐落在每个角落的24小时超市、小酒馆。他们路过一个小酒馆，从里面传来热闹的声响，与这个城市的安静形成鲜明的对比。

他们躺在市政厅前面的草地上看星星，听着旁边高速路上偶尔呼啸而过的车辆的轰鸣声，那些声响像划过这片夜空的一根根火柴，燃起的火焰留下的灰烬便是那漫天的繁星。他们闻着青草的香气，随意聊着天。

小莲说："君生，你想好了吗，接下来该做什么？"那是他们第一次谈起未来。

"公司在悉尼，我会留在悉尼，也许会先住酒店吧，但我已经看好了房子，如果没有太大意外，就会在这里定居了。我喜欢这个国家，有新鲜的空气和明媚的阳光，对于我来讲，这是一个疗伤的过程，我希望能在这里忘掉那些不愉快的事，事实上，小莲，有你这一个月的陪伴，我已经开心很多了，谢谢你小莲。”

“那就好。”听李君生这么说，小莲从心底感到开心，看来自己的陪伴是值得的，“祝你幸福吧，君生。”

“你呢？你工作那边是怎么考虑的？”

“工作我又不是找不到。”小莲笑笑，“我相信凭借我在 4a 公司的工作经历，应该是很容易找到好的工作的吧。”小莲只是告诉李君生自己从 rl 公司辞职了，想修整一段时间，她并没有说打官司的事，她也不知道这个官司会给自己以后的职业生涯带来什么样的影响。

“小莲，你一定要加油，你很有才华，又有能力，最重要的是你很真诚，我相信你一定能有所成就，你一定要坚持自己的梦想。”李君生已不知在何时轻握住了小莲的手。

“小莲，我只是说想在澳大利亚定居一段时间，并没有说我不回国了，这段时间我们都经历了很多，都累了，我只想让我们休息一段时间，就让时间抹去这些伤痕吧。但我相信肯定有一天，你我都准备好了，我就来接你，接你做我的新娘。小莲，我一直爱着你，过去是，现在是，将来也将是，只要你回头看，我一直都在那里。”

这就够了。小莲没再多问，她知道李君生的这段话能撑起自己往后人生的所有希望，就像苏铭之前给自己的承诺一样。小莲感觉眼角有泪水滑过，她使劲看着夜空，想把那些眼泪倒流回去，尽管有那么多不舍，但她知道李君生的决定是正确的，她也盼望着那一天，他们可以抛下一切包袱在一起。她是这么地渴望，以至于在以后的日子，她能更坚定，更勇敢地朝着那个美好的未来前进。

小莲回中国的那天，李君生到机场送她，他们在人群中拥抱，小莲看到了李君生红了的眼眶，她不愿上演那些悲情的戏码，于是她转过身，头也不回地走向登机口。可是她的眼睛看不到李君生，那些人、那些景，却全变成黑白的了，她不知道为什么，只是一个人的消失不见，她的整个世界都失去了色彩。

小莲觉得又跟几年前小姨刚去世的时候一样了，又只剩下自己一个人了。她回到家里，才感觉这个城市已经进入深秋，周围的一切都是那么冰冷，她翻出条毛毯盖在身上，为自己了煮了杯热咖啡，慢慢饮着，才缓了过来。她想起上一次自己世界崩塌的时候，她是用酒精来麻痹自己，但她觉得这次再多的酒精也没用了，她长大了，那个涉世未深的女孩儿已经成了优雅坚强的女人，小莲已经28岁了。

28岁的女人，是最为让人无奈的年龄，她没有女孩儿如丁香般清新纯粹的气质，也还没有成熟女人如香醇红酒样的品位和感悟，岁月在她脸上还没有烙下过多的痕迹，以前的纯真却又所剩无几，她就这样被架在一个尴尬的位置飘来荡去，寻找着属于自己的新的归属，新的梦想和新的爱情。爱情对于她来讲已经不是轰轰烈烈的刺激，而是一种相濡以沫的依靠。小莲就是这样的年龄，可是她却看到了希望，经历了两次惊天动地的失恋与离职，她知道接下来她迎接的将全是美好了，她从未这样渴望过平淡，一份满意的工作，一个体贴的爱人，这是她目前最想要的。

第十五章

宽　厚

You hear a song that takes you back
a song long for God tonight
and friends who said they hang your back
but they just turning round and let you fight
你听到一首歌，让你忆起旧日的好时光
那首歌回响整晚，为上帝而唱
朋友们说会保护你
但当你受到伤害，他们只是背过身去

小莲回国后接到了一个电话，这才让小莲觉得原来上天还是愿意眷顾自己的，这个电话是 g&g 人事部门打来的，他们邀请小莲来 g&g 做创意总监，当初那个拒绝了小莲的公司，在 3 年后，却亲自上门来邀请小莲入职。

面对自己曾经梦寐以求的职位，小莲当然是想都没想就答应了，可是放下电话，小莲却没有自己想象中那样激动，可能是时间久了，小莲在心里想了太多遍，早就觉得这该属于自己，或者是小莲确实成熟了，实现了最初的梦想时已没有了激动，只有对接下来工作的规划。

小莲后来才知道，这个机会是K姐为小莲争取来的。官司事件结束后，公司里确实沸沸扬扬闹得很厉害，小莲获胜已是事实，公司迫于压力必须给实习生转正，承受的损失只能由Jim一人承担。Jim对小莲恨之入骨，动用自己强大的关系网企图在广告圈封杀小莲。K姐把这些事看在眼里，放在心上，担心小莲的前途。那时小莲已做了甩手掌柜，不管不顾地跟李君生跑去澳大利亚，K姐联系不到小莲，只能暗自帮小莲想办法。

K姐去找了Johan，把事情的来龙去脉跟Johan讲了一遍，Johan也欣赏小莲，于是联系在g&g公司同为ECD的朋友，没想到g&g公司很爽快就答应小莲来入职，并承诺给小莲创意总监的职位，不过有个要求，要小莲把之前做的服装与咖啡的co-branding创意卖给g&g公司。

对于这个要求小莲当然同意，本来创意就是要分享给别人，为别人的生活带来改善的。小莲还因这个创意赚了一笔钱，虽不多但起码是对自己的辛苦劳动的一种回报。小莲唯一觉得亏欠的人是K姐，她没想到K姐能这样帮助自己，她给K姐打了电话，两人各自在电话那边微笑着，小莲觉得对K姐已经不需要什么语言了，小莲感谢上天赐给自己这样一个亲人。

小莲换了新的工作，有了新的工作环境，认识了新的同事，也开始了新的生活。她仍像以前那样拼命工作，小莲在g&g公司的团队负责一个国际日化品牌公司的所有全案，这更让小莲忙得四脚朝天。不过小莲有了工作经验，又有独特的女性视角，刚进来就做了几个不错的提案，客户们都很满意。

只是小莲的身边还是一直没有人，在新的公司，也有几个追小莲的人，但小莲都保持一段距离，现在小莲已经不敢轻易接受任何人了。

李君生还是没有联系，小莲也不知道怎么联系到李君生。苏铭倒是偶尔写信，苏铭的信是小莲唯一的精神寄托，每个失眠的夜晚，小莲就会翻出那些信反复阅读，那些平实而温暖的文字是小莲最有效的镇静剂。

生活过的平淡无奇，又是一个春夏秋冬过去了，什么事情都没有发生，老朋友总是经常见，曾经的恋人也偶有书信往来，只是那个已在生命中消失的人还是杳无音讯。小莲偶尔会想起那个在布里斯班的夜晚，李君生对自己说的情话，那些字句都模糊了，小莲甚至怀疑那次澳大利亚之旅到底是真的，还只是自己做的一场美梦。

小莲只能在工作中找到快乐了，在这一年中，她带领自己的团队完成了很多令人兴奋的项目，慢慢也在g&g中立住了脚。小莲的能力得到认可，自然有一票忠心跟着她，那就是尊敬她的孩子们。小莲爱自己的团队，把团队中的人当亲人对待，他们一起加班，也一起玩一起闹。那些孩子们给了小莲一个最美的29岁生日，小莲在生日会上哭了，不是为了自己已经快要逝去的青春，而是因马上要跨入人生新的阶段而激动，在那时的她看来，爱情也是可有可无的了。

那一天在公司，小莲忙完了手头的工作正要回家，却被一直与自己合作的客服总监叫住，客服总监看起来有些为难，小莲以为又是客服出了什么难题。虽然小莲服务的这个大企业不愁没活干，但所有有实力甲方的通病就是傲慢，刻薄，总是想着办法刁难人，小莲的团队已经摆平了很多这样的问题，所以小莲并没觉得这次的事情有多严重。

客服总监支支吾吾地说：“小莲，是这样的，我们一直对接的公司旗下一个品牌的总监离职了，现在换了新的总监，这个产品就是该日化企业的安全套，你记得吗？上半年咱们为他做过微电影的创意。”

小莲想起了那个微电影，因为第一次接安全套的广告，小莲的团队还新鲜了一阵子，最终还是完美交卷。小莲问：“我记得，怎么了，那个新的总监很难缠？”

“那倒不是……”客服总监说，“只是他提出了一个很奇怪的要求，该品牌马上要过10周年的生日，他们想办一个活动，但他亲口点名要求你来为这个活动的定位以及之前的一系列公关炒作出方案。”

“为什么？”小莲觉得奇怪，“这应该是策略部和内容部的工作吧。”

“是啊，我跟他们解释半天了，我想这并不是因为他不懂这些流程，但是奇怪的是他就是要你出方案，如果你拒绝，那这个品牌就拒绝与我们以后一切的合作。我觉得他简直太不可理喻了。”

“所以我想跟你商量商量，”客服总监继续说，“我个人认为这绝对是无理要求，我们是一个正规的4a公司，有权力拒绝这样无理取闹的要求，况且该总监只负责这个安全套的品牌，如果拒绝与他合作，我想也不影响我们与该企业其他品牌的继续合作。”

可是小莲突然来了兴趣，这个人眼见是冲着自己来的，况且手段如此之新颖，这让小莲非常期待见到这个人，小莲沉思良久，对客服总监说：

“没关系，我想见见这个人，你问问他何时有时间吧，先来公司开一个沟通会。”

开会的那天着实让小莲吃了一惊，小莲抱着笔记本走进会议室的时候，却看见 Daniel 坐在里面。

Daniel 还跟以前一样，黑黑瘦瘦的，戴一副黑框眼镜，冷峻的面孔，眼中不时闪过一丝狡猾和不屑，小莲越看 Daniel 越像一个人，像 Jim，小莲不禁打起了寒颤。她想到上次和 Jim 两败俱伤的战斗，心想这次一定不能跟 Daniel 硬着来，况且她并没得罪过 Daniel，跟 Daniel 也有五六年没见了，小莲实在想不出 Daniel 这次这么刁难自己的动机是什么。

小莲坐下，对 Daniel 友好地笑笑，说：“Daniel，好久不见了，最近还好吗？”

Daniel 也笑了，却没有丝毫的挑衅，小莲奇怪为什么从 Daniel 的笑里看出了一点兴奋，就像久未打仗的将士，终于能上战场时从心底涌出的痛快。那时小莲想也许 Jim 和 Daniel 并不是一类人，Jim 是心怀狡诈，而 Daniel 只是单纯的好斗而已。

Daniel 说：“小莲，很高兴能再次见到你，其实你离开苏铭公司不久后我也辞职了。在 4a 广告公司待了一阵子，发现那里并没有属于我的天地，于是跳槽到了甲方，也就是现在我所在的公司。当然刚去的时候我也只是个小职员，是凭借自己的努力做到这个位置的。”

“恭喜你，Daniel。”小莲说的很真诚，其实小莲知道 Daniel 有能力，只是有时太心急了而已。

“你也一样。”Daniel 说，“能在 g&g 公司坐到创意总监的位置。很高兴老朋友能取得这样的成就。”

小莲和 Daniel 你一言我一语寒暄了一会儿，听的旁边的客户总监一头雾水，吃惊地看着这两个人，想说又插不上话，小莲适时地进入正题：

“好了，叙旧的话等下班再说吧，我们先说正事，听说贵公司想找我为品牌做一个 plan，那就请你详细说下诉求吧。”

“好，那我就简单说。”Daniel 回，“你知道，我们这个品牌在年末要过生日了，我们希望能制造一场公关活动，在人群中能有一定影响。具体是什么形态我们没有要求，这完全是开放的。你知道，中国人的思想越来越开放，对安全套的认识也越来越多，但我认为这远远不够，其实话是这么说，但在中国，安全套仍是一个敏感词。我希望能通过这场活动，略为扭转人们这一观点，当然与该活动配合的相关平面与影视广告，也需要由你们负责，总之说白了，在现阶段我们想要一个主题。”

其实这之前客服总监已经跟小莲说明了客户的诉求了，小莲这几天也一直在想，从生活中找亮点是小莲擅长的，但小莲知道自己的软肋在哪。她的思维是开放，是天马行空的，可以不顾及任何世俗的眼光，可这样的思维只适合广告，在事件可否执行方面小莲有欠缺。接受这次挑战纯属赌博，可自己被放到这样一个位置，小莲在 g&g 几次惊人的创意已经让无数人无比信服小莲，小莲知道这次同样不能失败。

Daniel 很期待小莲，但小莲不知道 Daniel 为什么要交给自己这样一项并不擅长的工作，也许 Daniel 只想让小莲出丑，但这对 Daniel 也没有丝毫的好处，也许 Daniel 是想挖掘小莲更多的潜力，小莲只愿意往好的方面想。

Daniel 走时与小莲真诚地握手，并表示有任何问题小莲可直接与自己沟通，小莲突然觉得 Daniel 也长大了，那个阴暗的、为了得到自己想要的无所不用其极的男孩儿不见了，小莲觉得 Daniel

身上已然有了成熟男人的包容和魄力。

接下来的几天小莲又进入了狂热的工作状态中，她反复研究这个品牌的安全套，发现它除了轻薄舒适以外，没有任何其他更鲜明的特点。这个品牌口碑优秀，使用人群广泛，但这些通通不够，小莲需要更高层次的东西，更人性化，更能引起人们共鸣的灵感。

爱。小莲不只一次想到这个词。其实在小莲之前的创意中，出发点几乎都是爱，这是人们最喜欢的主题，也是小莲觉得最用不尽的灵感。这个爱字引发出了很多，有怀旧、有感恩。这次小莲仍想继续用这个字，可她像陷入一个怪圈，不知道怎么把这个爱字升华，男女之爱本来就是自私的，小莲不想大肆渲染这些。

在创意没有突破的时候，小莲就闭上眼睛想往事，妈妈、小姨、苏铭、李君生，这些曾经在生命中最重要的人，现在他们都已经走了。那些曾经的美好回忆，也已经烟消云散了，与此同时那些伤痛也荡然无存，不知不觉中，小莲回忆起这些竟是笑的了。小莲才知道这一刻自己真的长成了一个女人，淡然人世中，一笑泯恩仇。

小莲为自己新的想法感到激动，8 年以来，小莲第一次觉得解脱，第一次全身心地忘掉了所有的痛苦，小莲已经用了 8 年的时间舔舐自己的伤口，现在这些伤口竟真的痊愈了。留在小莲脑海里的，只有小时候妈妈偶尔流露出的爱怜的眼神，小姨为了自己所付出的所有，苏铭教会自己追求梦想与爱情，还有李君生让自己知道什么才是忠诚和永恒。这些都比钻石还宝贵，对于小莲，她此刻真心地希望曾施予过自己的人幸福。

爱是包容的，小莲这才想明白，对自己的爱，对别人的爱，对这个世界的爱，都应如天地般辽阔，心存美好，则无可恼之事；心存善良，则无可恨之人。你若不疑，人间不寒；你若不离，世界不远。你若不恨，苍天有暖；你若不语，四海升平。

小莲想把这段感悟变成创意，她想让别人分享，让人们都知道都体会到这份广阔的爱，可是她还没有找到突破口，她知道她一定能找到，不远了。

那天小莲正在大街上溜达，边逛街边找灵感时，接到了米菲的电话，米菲第一句话便是："小莲，我知道 Daniel 强迫让你做策略的事了，他太过分了。"

小莲笑笑，并不想跟米菲辩解，只是问她最近好不好，有时间出来坐坐。米菲说："我当然好，不过我想告诉你的是，我现在在一家公关公司工作，手头有很多资源，也有一些工作经验，如果你需要的话我可以帮助你。"

小莲很感激，可是很久没见米菲了，小莲不好意思麻烦米菲，其实是小莲刻意没有去联系米菲，她之前总觉得自己状态不好没有心思联系老朋友，小莲知道米菲是个极热情的姑娘，如果看到自己忧愁的模样，肯定又要积极地帮自己解决问题，可是现在小莲已如重生一般，小莲觉得是时候见见老朋友了。于是小莲说："先别急着想工作的事吧，你什么时候有时间出来坐坐吧。"

小莲和米菲约好饭后在咖啡馆坐坐，见到米菲的时候小莲觉得米菲变样了，五官没有变，体型没有变，甚至发型还是几年前的样子，但小莲就是觉得米菲变了。以前米菲是个没心没肺的傻丫头，现在小莲觉得米菲沉稳了，也有女人味儿了，耳垂上别致的珍珠耳环更让小莲觉得赏心悦目，米菲一见小莲就嚷嚷着："小莲你怎么还是这么漂亮啊！一点都没变啊。"

米菲还是这样咋咋呼呼，小莲笑着说："你不也是吗，一点都没变，喔不对，你变了，变得更有女人味儿了。”

两个大姑娘笑着打作一团，就像 8 年前一样。米菲马上迫不及待地问小莲：“你怎么样？结婚了吗？”小莲说没有，米菲又问李君生呢，小莲不说话了，看着窗外，米菲自觉说错话了，只得闭口，小莲说：“他出国了，我们一直没有联系。”

一时气氛有点尴尬，小莲换了个话题：“你和你男朋友怎么样？”

米菲甜蜜地笑着，扭扭捏捏半天不说话，她扬起右手，一枚闪亮亮的钻戒安置在右手无名指上，米菲还是咯咯笑着，小莲却又惊又喜，刚要祝贺，马上想到事情不对，于是假装嗔怒地说：“死丫头，你结婚了不叫我，要死啊你。”

米菲连忙拉过小莲的手解释：“哎呀，怎么敢不叫我们莲大小姐，我这是刚登记，还没办呢，年底办，到时你一定要赏脸，来当我的伴娘！”

小莲满口答应，恍惚间看着米菲的脸，觉得那种幸福自己也能体会到。她想着周围的姐妹也到了该结婚的年龄了，可是 K 姐呢，自己最心心念念的 K 姐却从未体会过这种幸福，她担心 K 姐，怕 K 姐孤独，却始终忘了，自己也是个到了年龄别说结婚，连个男朋友都没有的人。

米菲说：“小莲你呢，怎么不交个男朋友，你还是眼光太高了吧，我们女人到了这个年龄，真应该找个伴儿，爱情都在其次，有人共度下半生才是最重要的。”

小莲觉得可能是自己眼光太高了，可是自己心里有一直放不下的人，怎能将自己的下半生委身于其他人。小莲才开始担心自己的年龄，快 30 岁了，事业也算是有成，可终身大事却迟迟不能解决，小莲突然觉得没来由地害怕。

“是啊，我也是大龄剩女了。”小莲只得打趣自己道。

米菲笑嘻嘻地回：“你别开玩笑了小莲，你这条件要是剩女，那我们广大女同志就别活了。你信不信，我要是把你的照片和资历放网上并炒作你是剩女，你准能火，肯定有一大票人觉得不公平，没准还能引发个社会问题什么的，哈哈。”

小莲开玩笑地打米菲，米菲看小莲真有点生气了，连忙收起笑说：“不扯别的了，我大概知道了Daniel找你的事，你有什么想法吗？”

小莲无奈地摇摇头，事实上Daniel下了brief已经快半月了，小莲丝毫摸不到头脑，有几次小莲甚至对自己完全失望了，开始怀疑自己最初的方向。她在网上看了无数个有关安全套的创意，无非是两性，或者是借由安全套的特性玩一些小花样儿，可小莲不想做那样的东西。小莲觉得这次的创意跟小莲第一次做咖啡馆的创意时一样困难，那时自己在咖啡馆蹲点了好久，看着形形色色的人群放松地谈天休息，小莲却窝在咖啡馆苦思冥想，小莲突然想到还是小姨提议让她到咖啡馆看看的。

对了！小莲突然叫了一声，吓了米菲一大跳，小莲匆忙结了账，拉起米菲就走。米菲一头雾水，连忙问小莲到底要干吗，小莲没空和米菲多解释，只是说：一会儿你就知道了。

小莲带米菲到了附近的超市，如果当时是咖啡馆本身让小莲有了灵感，那她这次也一定要尝试着到身临其境的环境中去找灵感，她要观察到底是什么样的人才会买这个品牌的安全套，她想根据这些人的表情和动作揣测他们当时的心理。

晚上七八点，是超市最为繁忙的时刻，小莲和米菲去的超市比较大，人流量也多，这才能让她们安全地在这儿做市场调查工作，而不至于被当作小偷赶出去。小莲和米菲装模作样地在收银台附近看其他商品，实则偷瞄着收银台旁边装有安全套的柜台，小莲仔细看，这个牌子的安全套占据了最有利的位置，数量也最多，不愧是首屈一指的国际品牌。

米菲一直质疑这个办法的可行性，她的意见是买到安全套的途径有很多种，药店、成人用品商店都能买到，所以根据概率学来讲，她们在这儿待一晚上也不见得能看到一个买安全套的人。

小莲敲了下米菲的头说："我当然知道这些，可是药店和成人用品商店怎么观察？要去那种地方做市场调查估计咱们就回不去了，早被人当变态抓走了，我知道可能性比较小，但试试总比不试强。"

其实小莲心里也打鼓，这次不比咖啡馆，很有可能她们站一晚上，站的腿脚都酸痛了也一无所获。可是小莲已经被逼到绝路了，她知道如果她再想不出几个好的创意来，她的团队都要跟她一起倒霉。

一个多小时过去了，米菲忙不迭地说自己腰痛腿痛。实际上她们在这里站着确实一点用都没有，只是偶尔有几个年轻人拿起安全套的盒子端详一番，然后马上就放了回去，动作之快根本让小莲来不及换位思考。或许这个方法一开始就是错的，小莲根本无法从买安全套的人那里得到任何的灵感，因为每当有人拿起安全套的时候，那个人的气场就自动形成隔离状态，是啊，这么隐私的行为怎么会希望别人看见呢。

小莲心疼地看着米菲，米菲已经在旁边叫苦连连了，并承诺小莲如果今晚放她回去，她明天一定发动公司里所有人帮忙想办法。小莲只得苦笑，同意米菲回去。

就在小莲和米菲准备离开超市的时候，一个身影吸引了小莲的注意，那个是年轻女孩子的侧影，女孩儿一头乌黑的长发直到腰际，侧脸完美动人，小巧的鼻子和点到为止的红唇，一脸娇羞的模样。女孩儿穿牛仔单衣，下身是紧身铅笔裤，衬得双腿修长美丽，让小莲侧目的是女孩儿青春的气质，仿佛正处在懵懂时期，好奇的眼光四处流转，顾盼生辉。小莲想起自己的青春，这姑娘有着丁香花一样清新的感觉，把小莲完全拉回了8年前的时光，那片时光美好宁静，好像荷叶上的青青露水。不仅是小莲，周围也有好几个男人回头望她，好像欣赏一件宝贝仔细凝视着她，看她的人眼中无不有对美好事物的向往。

米菲走过来拉小莲，说："你怎么了，看美女看入迷了？咱们小莲不至于吧，没有男朋友也不要转换性取向吧……"

小莲对米菲做了个嘘的手势，示意米菲看那女孩儿。女孩儿驻足在收银台前，旁若无人地拿起一个安全套，认真的样子好像在做一道数学题，她在比较哪个安全套性价比更好。

小莲不由得联想，是哪个男孩儿这么幸运，能让这样一个不落俗套的仙女百般宠爱。小莲感觉到这个女孩子的幸福，小莲甚至幻想着女孩子男朋友的样子，他们一起住的小屋，蜗居在窄小的房子却丝毫不觉得穷苦，因为有爱就足够了。

独自买安全套的女孩儿是最幸福的，这种幸福不仅来源于爱情的美好，更是一种独立的幸福，能主宰自己的爱情的幸福。

小莲情不自禁掏出手机，拍下了这个女孩儿的侧影，好像完成了一项繁重的工作，小莲长舒一口气，如虚脱了一般。

第二天一早，小莲就召集团队成员开了创意会，并力邀米菲也一起参加了。几个人在会议室里坐定，小莲在黑板上写下一行字：

为自己的幸福做主——爱无处不在

小莲对团队里的人说了自己的想法，几个人无不瞠目结舌，只有米菲拍手微笑。团队里的成员全都质疑这次活动的可行性，并且做不好对小莲也是一种伤害。小莲早料到如此，可她决心已定，只能放手一搏，成败只是天注定了，只是无论是广告还是公关，本身就是一种赌博。没人能完全了解市场的口味，但小莲知道伟大的创意都是不按常理出牌的，不是死的悄无声息，就是如凤凰般涅槃。

接下来小莲带着团队里的人共同商量具体的措施，米菲也适时提供了她能提供的资源。然后便是说服 Daniel 了。

小莲没想到 Daniel 听到这个创意后不但没质疑小莲，反倒拍手称是，这让小莲彻底搞不懂 Daniel 到底在想什么。

Daniel 大笑着说：“不愧是小莲，真是有胆量，敢拿自己炒作，我很佩服！”

小莲谦虚道：“不敢当，不知你觉得这个想法怎么样，说实话，我自己也知道，这样做是有风险的，应该说是对你对我都有很大的风险。但既然我执意这个创意，必然有我的道理，我知道如果成功，肯定起码在网上能引起不小的轰动。但我想，安全套的受众基本是年轻人，这些人也都是喜欢在网上获取信息的，所以在网上引起轰动就足够了不是吗？”

“我同意我同意。”Daniel 说，“不过我很好奇，这个创意有成功的可能性，你道理是什么？”

“首先，”这些话已经在小莲心里磨炼了很多遍了，“我对自己的文字有信心，爱情每个人都有，爱情故事也都是跌宕起伏、轰轰烈烈，我不敢说我的爱情故事有多么的激动人心，但起码拥有让人落泪的条件。最关键的是我的文字，在我初为文案时，就最擅长运用文字，这些我不用多说，想必你最了解吧，所以我有信心写出像《失恋 ×× 天》那样在网上畅销的东西，当然炒作是必不可少的。”

Daniel 连忙点头，忙说小莲的文字他最了解，肯定是没问题的，小莲继续说：

“我对我的出发点有信心，万变不离其宗，其实所有触动人心的创意出发点也都是爱，而我要强调的爱更励志，更社会性，更能激发女性独立的意识。况且说是风险，仔细想想，我并不觉得我们这次行为风险性有多大，都是阶段性的，如果第一阶段不行，那么第二阶段不做就好了，我还有其他补救的办法。只是你一定要跟公司沟通好，适时生产出我们要的那批安全套，不要让人们赶在前面，你要知道，人们都有从众心理。”

“第三，”小莲狡黠一笑，“第三点就是，我对我自己有信心，因为我足够美丽。”

昨晚回家，小莲想这个创意想到凌晨，她想起米菲说的，便在镜子面前仔细端详起自己，这么多年小莲没有仔细看看自己的脸，平日只是匆忙地化妆，美容护理虽然也按时做，名牌衣服也会买，但小莲已经很久没有这么从心底认真地看过自己的脸了，小莲看了良久，确实觉得镜子里的女人十分美丽。

上一次认真看自己是苏铭送自己晚装的时候，那时镜子里的自己青涩而秀丽，满是少女不解风情的羞涩，眼中也盛着水，仿佛身边也飘散着清新的花香。可现在不同了，可说是判若两人，眼中的水虽没了，却换上浅尝岁月风雨的优雅与成熟，不觉间小莲已彻底变成了之前最向往的模样。长发刚好披肩，却通常被自己挽起，脸上已不仅是略施粉黛，而是精致的点到为止的妆容，小莲更懂得了用口红，年轻时的小莲觉得口红是累赘，青春的嘴唇不需装点也能饱含色彩，而现在的小莲偏爱暗红色，这种神秘颜色的装点使小莲的脸上更添风情。那一柜子因小莲的努力换来的名牌衣服也成了自己的武器，香水更是不在话下，小莲早已懂得在什么场合运用什么香水，这些所有的历练，造就今天这个已风韵的犹如少妇的小莲，眼波流转含情，惊为天人。

小莲第一次觉得自己美丽，同时也惊觉自信对于女人是何种重要的东西。也是那时她暗下决心，对于自己拥有的一切不再隐藏了，她想把自己的美丽展示给世人，这些阅历，更是小莲最重要的武器之一。

Daniel 既然已经同意，小莲着手进行下一阶段的准备。经过一周的冥思苦想，一篇几万字的短篇小说已成形，虽然文章中是化名，个别情节有的隐去，有的添油加醋，但小莲想米菲应该知道，与自己最亲近的 K 姐也应该知道，这篇文章小莲写的就是她与李君生的爱情故事。

米菲坦言说看完这篇文章后哭了，小莲又何尝不是，这段时间她掏心掏肺的，经常在深夜望着自己的文字哭的死去活来。也许并不是因为自己的经历，而是文章中那个人却已死了，小莲再也找不到他了，这样无疾而终的爱情让旁人心痛，亲历者小莲更是不知道有着怎样的愁苦滋味。

可是小莲好多了，仿佛把自己的心病转换为文字后，小莲像重生一样，那个禁忌的话题，那个在小莲心里已躺在坟墓的人，如今也不是那么敏感了，小莲懂得了置之死地而后生。经过这样极端的发泄，小莲发现自己几乎痊愈了，她想自己已经准备好了把这段爱情给任何一个不相关的人看了。

又是一个月，Daniel给小莲打了电话，告诉小莲一切就绪，小莲信心满满，这一个月的时间，小莲、米菲和小莲的团队已经把这个计划策划得滴水不漏，小莲告诉Daniel，就看明天的吧。

这段时间在微博上突然火了一篇文章，名字叫作：我爱的人去了国外。是一个叫小莲的女孩子写的，当然小莲没有直接把文章放在微博上，而是先发了段文字：

前几天我去超市，看到一个美丽的女孩子，她让我想起只属于我的那段美好青春，逝去的、拥有的，都变成回忆。那个女孩子在买安全套，一脸幸福，我在想是什么样的力量驱使一个女孩儿单独在超市买安全套？我想是爱，独自买安全套的女孩儿是幸福的。

小莲的微博下面附了小莲之前拍的那个女孩儿的照片，小莲这时在心里默默向那个女孩儿道歉，还好只是侧脸，完全看不清女孩儿长什么样子。那篇写了小莲和李君生爱情的文章就附在小莲的微博下面。

是文章火了，引来了无数青年男女的关注，敏感的女孩儿全都黯然落泪，男孩儿也看得揪心，一时间评论漫天，更有影视公司想买版权拍成电影，都被小莲回绝了。小莲要的并不是炒作自己，她还有任务。

当然这些都是米菲一手所为，炒作费用花的不多，却事半功倍，关键还是点子和时机想的好，小莲想这些都不是关键，她觉得自己还是有运气的，毕竟这篇文章火了，就是成功的一大半。

好奇的网友人肉小莲，挖出小莲的职位和照片，一时叹息这么美好的女子竟然也是大龄剩女，网友对小莲的同情更给这次的事件营销加了分。大众总是同情弱者，美丽与事业有成都不能是让人嫉妒的因素，而30岁了却没有男朋友给了女性网友很大程度的心理满足，小莲的自嘲心理在这里起了作用，网友对小莲的追捧更是蜂拥而至。

小莲觉得是时机了，便告诉Daniel可以用安全套品牌的官方账号发微博了，这时以“为自己的幸福做主——爱无处不在”为主题设计的安全套已悄然上市一周，没有造势所以并没多少人关注，这时越少的关注反而越好。小莲当时对Daniel的叮嘱是安全套的包装设计越有排他性越好，要完全吻合这次的主题。

就在网上对小莲呼声最高的时候，传出了小莲拿着“为自己的幸福做主——爱无处不在”为主题的安全套的自拍照，并且声称收到了该安全套公司寄来的贺卡，上面写着：独自买安全套的女人最美丽，能为自己的幸福做主的女人也最美丽。看了你的文章，我们全体员工无不感动落泪，我们没有别的礼物，唯有送给你我们最新的产品，希望你早日找到自己的真爱，为自己的幸福做主，爱无处不在！

最让小莲担心的时刻到了，小莲知道自己完全无法左右网友的思想，只能把自己能做的做到最好。小莲甚至想到了最坏的打算，网友恶评如潮，甚至想到这是一场恶意炒作，那就给小莲以及Daniel的公司都造成了极差的负面影响。

也许是上天眷顾小莲，也许真是那些真诚的文字打动了网友，这条微博发出后网友仍然持支持态度。小莲仔细观察，那些支持的网友有很大一部分是跟小莲岁数相当的女性，她们渴望独立，渴望为自己的生活做主，而不是活在男人的阴影下，也许独自购买安全套在某种意义下，是男女平等，女性独立的一种象征。

小莲没想到这件事还有后续反应，小莲第二天上天，竟意外地收到了很多包裹，那些包裹小而轻，足有二三十件，寄件人全是小莲不认识的名字。小莲拆开看，竟全是爱无处不在主题的安全套，那些包裹里面有的有贺卡，鼓励并支持小莲的，有的只是简简单单这样一件礼物。

小莲抱着这些包裹哭了，她觉得无比的温暖，她觉得自己不是一个人，这世界上有很多人有着同自己一样的经历。有那么多的人在夜晚独自哭泣，她们忍受着痛苦，在人前微笑，她们独立坚强，为了爱情可以不顾一切，她觉得自己身边有无数双眼睛看着自己，这让她不觉得孤独了。尽管她们彼此不认识，可是小莲知道，再在深夜一个人醒来的时候，小莲再也不会哭了。

小莲的包裹越来越多，多到公司都放不下了，小莲在下班时就会一个个拆开来看，尽管每次都看到深夜小莲也不觉得累。那些安全套小莲全部还给 Daniel，自己也用不到，可那些包裹里的文字小莲全都仔细珍藏着，那些文字有的是温暖的鼓励，有的是倾情的倾诉，有很多女孩子给小莲讲自己的故事，小莲跟着那些故事一会儿哭一会儿笑，仿佛自己也经历了一遍。

那些美好的、忧伤的故事，小莲疼惜着它们，这些都是每个人最珍藏的回忆，她们毫无保留的呈现给小莲，小莲觉得莫大的荣幸。小莲有时会在微博里分享这些故事，小莲已经不把这个当成工作了，这好像是连接世界上每个人情感的一座桥梁，桥梁是小莲。小莲无比珍惜这个机会，她知道几十年后，这些感情会逝去，人会改变，尽管所有都物是人非事与愿违，但她起码参与过，她参与过无数种感情，她在呵护着这些感情，慢慢小莲觉得自己更坚强，从之前的被人鼓励转作关心别人。

这次事件营销获得巨大成功，安全套的销量也陡增，更无法比拟的是这次事件给 Daniel 公司带来的巨大的品牌效益。米菲高兴得合不拢嘴，小莲团队里的每个人都开心，他们更加信赖、追随小莲。

这事情从头到尾小莲都没有跟 K 姐说，以前小莲只要拿不定主意的时候，就会去找 K 姐商量，可这次没有去找 K 姐并不是因为跟 K 姐有了芥蒂，而是小莲不想总依赖在一个人身旁，小莲觉得自己已经足够坚强了。

可小莲知道 K 姐并没有忘了她们之间的情谊，虽然她们已经很久不联系，K 姐仍在用某种特定的方式默默支持着小莲。K 姐如小莲一样的勇敢、洒脱，在小莲营造的事件在网上引起风潮的时候，K 姐转发了小莲的微博，说明自己也是大龄剩女，但是仍然支持小莲，女人应该主导自己的人生。

小莲看到这条微博，感动的同时马上给 Daniel 打电话，建议他们给每个转发自己微博的独立大胆的女人都寄去礼物，并送上祝福。Daniel 想也没想就采纳了小莲的建议，毕竟对 Daniel 来讲，这是把这次事件再次做大的一个机会。但对于小莲来说却不同，她没想到以自己薄弱的力量就能激发起这些女性们强烈地追求自己幸福的愿望，她希望每个人都幸福，她希望这样的正能量能一直在这个社会流转，永不停息。

事后 Daniel 找到了小莲，两个相识已久的老朋友相约咖啡馆，以前在公司总是你争我斗，没有好好地聊过一次天儿，现在想来小莲很感谢 Daniel 能如此地信任自己，让自己完成这样一次事件营销。这次事件不仅给自己的团队带来了收益，更是对自己心灵的洗礼，同时，小莲也十分感激Daniel在这次事件后愿意跟自己聊聊天。

不是工作日，只是一个很简单的周六的午后，虽已是初冬，那日的阳光却格外温暖。Daniel穿一件灰色毛衫，牛仔裤帆布鞋，小莲仔细看Daniel，发现Daniel其实并没有自己想象中的那么阴郁，她甚至从这个男人身上看到了坚韧和顽强，还有一种让人舒服的温暖。也许是两人认识时间太长了，又曾经是敌对过，现在重归于好，小莲觉得和Daniel有一种默契。

“我果真没看错你，小莲，我觉得你非常厉害，非常感谢你们团队为我们品牌所做的，希望以后还能继续合作。”Daniel说。

小莲笑而不语，她觉得Daniel全部都能理解了，以前的事情都过去了，就让一切的怨恨都随风而去吧。

他们两个人就那样一直坐着，享受着美味的咖啡和甜点，不时互相笑笑。在小莲心里，这是一次里程碑似的旅行，让她能真正放下了仇恨，去享受生命中的美好。但当Daniel提出让小莲做自己的女朋友的时候，小莲才知道，一切都放下了，只有爱放不下。她心中深藏的那个人，是她继续前进下去的勇气，尽管她这生注定没人依靠，也要握着这珍贵的回忆一直努力，她不是不想忘了，是没有忘记的必要。人生那么长，还有很多事情她没有经历过，而那个人，她知道在她贪婪地享受生命的美好的同时，她有足够多的时间，她还有一辈子的时间去忘记他。

除了Daniel，更让小莲觉得重生一般的，是母亲也找到了小莲。就算小莲有再多的勇气，在看到母亲苍老的面庞时还是哭了，她不明白自己之前为什么一直较着劲，只为了童年那一点伤害和不公，就能完全放弃掉这份母女情谊。

母亲和那个男人离了婚，并且被那个男人扫地出门，一分家产都不分给她。现在的母亲已年老珠黄，完全看不到当年的神韵，小莲觉得悲凉，也许人老了，很多事情都会看淡，并且会忏悔自己年轻时做的荒唐事。

那晚小莲让母亲住在自己家里，两个人就睡在同一张床上，就像小时候一样。小莲一整晚都在喋喋不休地说，她给母亲讲她的一切，红宝石庄园，苏铭，公司里的明争暗斗，小姨去世时自己的痛苦，李君生给自己带来的幸福，现在他们的天各一方，只是一晚上的时间，小莲却觉得自己又经历了一遍过往的那些事。母亲也哭了，母亲是个不善言辞的人，她从没对小莲表达过爱，可小莲第一次知道，母亲其实是爱自己的，只是母亲是个比自己脆弱很多的人，她做不到，没办法给自己爱的人幸福的生活，她宁愿选择离开。

可是她看到小莲长大了，经历了这么多事情，小莲还是过的很幸福。她看着小莲的脸，宛如自己年轻时那样明媚动人，甚至比自己更有韵味，她终于放心了。小莲是个跟自己完全不一样的女人，自己是悲剧性格的人，注定凄惨过一生；可小莲不一样，小莲的强大是她始料未及的，就算全世界背叛了她，小莲仍会幸福地走完一生。

同时她感到了小莲那种可以感染一切的力量，小莲身上有温暖到让人陶醉的磁场，只是这一晚，她却觉得这几十年的伤痕全部痊愈了。那时她没想到这其实是因为奇妙的血缘关系，其实在她骨子里，她是无比地深爱着自己的女儿的。

小莲不想让母亲再离开自己了，有母亲在身边，小莲觉得干劲十足。她忙着看房子，想先租一个两居室，能让自己和母亲住的宽敞一点，然后再考虑买房的事。跟母亲说了自己的心思，母亲也表示认同，母亲知道小莲工作忙，于是主动承担了找房子的任务。

完成了安全套的工作后，小莲又全力以赴地进入到下一个案子中去。广告人这个职业格外辛苦，没有一天清闲的时间，小莲恨自己没法多陪陪母亲，母亲也并不抱怨，她能理解小莲。她岁数大了，又没有一技之长，没办法工作她就专心在家照料小莲的起居，房子被母亲打扫得一尘不染，不管多晚回家都有可口的饭菜，小莲感觉不知不觉中，曾经那个玩弄男人颐指气使的母亲变成了现在这个两鬓斑白絮絮叨叨的老女人，小莲觉得心疼。

可是日子还得过，不过岁月怎样改变了你，也不能放弃希望。不管爱神怎样不眷顾，也要心存美好。小莲觉得上天已经给了自己太多了，她觉得从未有过的幸福。

那天小莲加完班，已是晚上8点，她坐在工位上觉得有些头晕，想喝点茶水缓缓神，想起很久没有拆网友的来信，想趁这个机会好好看看，又能缓解疲劳安神，又能知道很多故事。

小莲抱了一堆信封进办公室，心里立刻暖了起来，她拆了几封信，看着那些温润的文字，小莲像喝了口热茶一样舒心。她在那堆信封里胡乱翻着，突然看到一个信封跟其他不一样，比其他的要大很多，再看快递公司和地址，是从国外寄来的，小莲看了眼地址，上面赫然写着澳大利亚悉尼。小莲突然觉得自己的心跳停止了，浑身都颤抖起来，她慌忙撕开信封，她双手发抖着，信封被她撕得乱七八糟，她废了半天劲才把里面的东西拿出来，她知道她做的这一切努力，只是为了证实自己可悲的猜想。

这信封里面没有礼物，更没有安全套，但信封上面确切地写着小莲收。那里只有一幅画，是幅水粉画，清淡的颜色，简单的勾勒。画上是一棵树，这棵树形单影只地立在纸上，周围并没有其他的景色，色调是温暖柔和的，茂密的枝叶上点缀着几抹淡紫色，那紫色像几团烟雾，淡的仿佛风一吹就会散开，可又好像永远也不会消失，清丽的仿佛小莲的心事，小莲心里清清楚楚，那是一棵丁香树。

是小莲魂牵梦绕的丁香树，这棵树曾无数次出现在小莲的梦里，在小莲的梦里的还有那个人。那人虽面容已模糊，却是小莲挥之不散的梦魇，那一瞬间，小莲觉得五脏六腑都被掏空了，小莲看画的背面，几个钢笔字映入眼帘：我要回来了。

他要回来了，小莲觉得像做梦一样，整整两年，那个本是杳无音讯的人，那个自己曾无数次想忘却的人，那个消失的一干二净却始终无法被忘记的人，他终于要回来了。小莲觉得世界又有了色彩，这样黑白的世界小莲再也忍受不了了，一如两年前的澳大利亚机场，那个人的离开，给小莲的整个世界都关了灯，现在却突然敞亮起来了。小莲泣不成声，她像个孩子一样，握着这张画纸号啕大哭，他回来了，光明就回来了，希望也回来了，最重要的是，小莲的爱回来了。

小莲小心翼翼把画纸珍藏在自己的口袋，好几次她都觉得这只是一场梦，可每当她伸手摸到画纸的时候，她才能体会到那种实在的幸福感。这并不是做梦，这一切都是真的，她知道他一定会回来，李君生向来说到做到。

可小莲需要一个人帮她分担这样的喜悦，小莲觉得自己快发疯了，如果快乐有声响，那么整个世界都会震耳欲聋。此刻的小莲好像回到了刚从学校毕业的那段时光，刚认识苏铭的日子，她像个怀春少女，30 岁的女人有了 20 岁少女的心思，这是小莲经历过最疯狂的事。她需要脚踏踏实实地踩在地面，才不至于飘到天边，她知道自己越接近疯狂，就会越接近心里那份真爱。

这时母亲是小莲最需要的人，小莲庆幸自己和母亲的关系恢复了，她好像做什么事情都有了后盾，都觉得踏实。这时小莲和母亲刚搬进新家，母亲忙着收拾家里，母亲知道小莲喜欢小情趣的装饰，就整天花尽心思淘换那些小莲喜欢的东西。小莲回家时母亲正在布置客厅，小莲连忙把母亲拽到一旁说：他要回来了。

母亲支持小莲，她告诉小莲要百分百地相信李君生，男人说了就一定会做到，何况是李君生那么优秀的男人。陷入热恋的女人是可怕的，小莲几乎忘记了所有李君生曾给自己的伤害，自动屏蔽了那些看似抹不去的结。

接下来便是漫长的等待，小莲觉得等了好久，好像有一辈子那么长。小莲不知道李君生怎么找到自己，她的住处换了，工作换了，小莲突然开始害怕，她甚至臆想着李君生已经回来了，却因找不到小莲而绝望，只是偶尔会这样想，可每次的想象都让小莲像掉进了一个无底洞，孤独而绝望。

幸亏有母亲在，是母亲一直安慰小莲，在小莲痛苦的要动摇的时候，母亲告诉小莲：既然选择了爱他，就相信他，他一定会回来，也一定会找到你，因为你们之间有爱，要相信爱。

听母亲这么说，小莲笑了，甚至做梦的时候都是笑的，是啊，只是时间的问题，小莲不相信自己这么辛苦的等待，等来的是一个不好的结果。她现在唯一需要的就是耐心，可那么多痛苦都经历过了，小莲都挺过来了，这几个月的等待能算的了什么呢？

第十六章

尾　声

慢慢到年末了，小莲逐渐变的忙碌，忙到她几乎没空想李君生的事情。不仅是因为公司事情多，还有米菲要结婚了，而小莲是伴娘，米菲又是小莲最好的朋友，小莲自然帮米菲分担了很多有关婚礼的准备工作。

小莲忙得晕头转向，米菲更是累的天天嚷嚷。以前小莲不知道，原来办一场婚礼要操心这么多事情，大到酒店的选择，小到餐巾纸的花样都要亲自过手，光是一个简单的邀请函小莲就写到腰酸背痛满眼冒金星。米菲一个月没怎么睡过一个好觉，小莲也好不到哪去，可是小莲能看出米菲的幸福，这就够了。

婚礼当天，小莲 8 点到酒店找米菲，小莲看着米菲脸上的妆容，还有那套几乎每个女孩子都会向往的婚纱，高兴的差点哭出来。小莲觉得米菲从没有这么美丽，今天的米菲是天使，是公主，这是专属于她的时刻。小莲在卫生间匆忙换好伴娘服，脸上略施脂粉，就赶忙跑到婚礼现场帮忙了。今天的米菲是主角，小莲不能抢了她的风头。

在婚礼现场，一切都是那么完美，洁白的桌布，上面是精致的餐具，满礼堂的白百合，这是小莲执意要的花，她要她最好的朋友在这最幸福的时刻，如百合一样高贵美丽。礼堂的舞台上是新郎新娘的巨幅照片，像所有人宣告着幸福。小莲看着来来往往的人们，幸福的有些目眩，好像是自己的婚礼一样，甚至连高跟鞋给自己脚带来的疼痛都忘记了。

小莲不停跟认识的朋友打招呼，所有人都来了，daniel、王东，还有以前公司的其他同事，他们都对小莲点头微笑，有的夸小莲美丽，有的和小莲亲切拥抱。小莲也叫来了自己的母亲，她给母亲精心地化了妆，让母亲安心地坐着，自己则像只蝴蝶一样满场飞舞。

小莲看见了苏铭，他拥着莫燃站在那里和别人寒暄，她就这样看着自己曾付出所有的男人，仿佛凝视着自己的青春，那些荒唐的日子，还有那些过往的伤心与甜蜜。苏铭没有变，还是那样英俊潇洒，他的举手投足小莲都记得，这是小莲心底的烙印，小莲知道自己不会忘。看见苏铭的那一刹那，所有现实和回忆都吻合了，仿佛时间都静止了，声音都消失了，小莲看着苏铭，似乎看了足足有一个世纪那么长久。

苏铭发现了小莲，他转过身，却并没有走过来，他脸上全是笑，是那种恍如隔世般美好的笑，他有很多话想跟小莲说，但他知道在这样的时刻，笑就足够了，旁边的莫燃也歪着头对小莲笑着。小莲才知道，这一刻，自己的心结才完全解开了。

小莲最终还是没有走上前去，苏铭也没有过来，他们两个人都理解，曾经的感情如春水般逝去，流淌下来的是美好的点滴，他们之间不再有怨恨和不舍，只有曾经相拥的感动，和希望对方幸福的美好愿望。

这一切都是那么美丽，这来源于生命的色彩，小莲庆幸自己没有放弃希望，没有放弃一切突破自己的机会，这时的她才真正完美蜕变了，从那只青涩害羞的幼鸟，到现在这只羽翼丰满的白鸽。

仪式即将开始，小莲和伴郎在门口迎接新娘，小莲觉得自己无法喘气了，这一刻还是要来临了，那么神圣，那么完美。小莲注视着米菲在她父亲的搀扶下缓缓走来，又看着等在不远处的新郎，所有人的目光都聚集在这里，小莲在等着，在等一个承诺，等那个结果，这时她听见一个声音，于是她回头了。

还是那样高高瘦瘦的男子，浓眉大眼，头发长了，胡子也没怎么刮，反而更有男人味儿，在澳大利亚的两年时光把他历练的更加坚强，他身上没有了以前的懦弱，而有了一份淡然，正如小莲一样，他们都成长了。小莲在那时湿润了眼眶，她觉得是时候了，就算现在哭出声来，也不是什么丢人的事情，她终于等到了，于是她听到了那个声音，仿佛一个亘古不变的呼唤。

那是李君生说：

莲，我回来了。

图书在版编目（CIP）数据

丁香香满城 / 小柯 著. -- 北京：作家出版社，2015. 6
（星座角都市言情系列）
ISBN 978-7-5063-7903-8

Ⅰ. ①丁… Ⅱ. ①小… Ⅲ. ①长篇小说 – 中国 – 当代
Ⅳ. ①I247.5

中国版本图书馆CIP数据核字（2015）第067630号

丁香香满城

作　　者：小　柯
策　　划：张　陵
主　　编：白　烨
责任编辑：李亚梓
装帧设计：薛　怡
出版发行：作家出版社
社　　址：北京农展馆南里10号　　**邮　　编**：100125
电话传真：86-10-65930756（出版发行部）
86-10-65004079（总编室）
86-10-65015116（邮购部）
E-mail:zuojia@zuojia.net.cn
http://www.haozuojia.com（作家在线）
印　　刷：三河市紫恒印装有限公司
成品尺寸：133×210
字　　数：151千
印　　张：6.625
版　　次：2015年6月第1版
印　　次：2015年6月第1次印刷
ISBN　978-7-5063-7903-8
定　　价：21.00元
